小学館文庫

鴨川食堂ごほうび

柏井 壽

JN048058

小学館

目次

鴨川食堂ごほうび

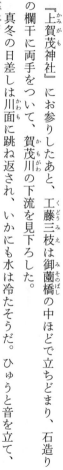

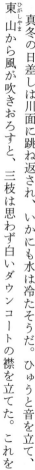

第一話　スポンジケーキ

1

『上賀茂神社《かみがも》』にお参りしたあと、工藤三枝《くどうみえ》は御薗橋《みそのばし》の中ほどで立ちどまり、石造りの欄干に両手をついて、賀茂川《かもがわ》の下流を見下ろした。

真冬の日差しは川面《かわも》に跳ね返され、いかにも水は冷たそうだ。ひゅうと音を立て、東山《ひがしやま》から風が吹きおろすと、三枝は思わず白いダウンコートの襟を立てた。これを比叡颪《ひえいおろし》と呼ぶのだろうか。リュックサックのなかに仕舞ったガイドブックに、たしかそう書いてあった。

ダウンコートのなかは茶色のタートルネックセーター、ワイドパンツはベージュのチェック。どれも今回の旅のために買ったものだ。もしもの出会いがあったときのために、と奮発した自分が少しばかり滑稽だ。

二十五年前の夏にこの神社を訪れたときは、橋のすぐたもとに、こんな鳥居は立っていなかったように思うが、当時の記憶はあいまいだ。

女子大の友人ふたりとの旅は、名所巡りに忙しく、ぼんやりと景色を眺める余裕などなかった。

睦美《むつみ》が計画を立て、友子《ともこ》が先導する。三枝はただふたりに付いてゆくだけの京都旅だった。

『金閣寺《きんかくじ》』も『清水寺《きよみずでら》』もおぼろげに覚えてはいるが、取り立てて印象に残ることもなく、絵葉書のような景色しか記憶に残っていない。

それに比べて嵐山《あらしやま》を鮮明に覚えているのは、あの出会いがあったせいだろう。

身体《からだ》の向きを変えた三枝は上流に目をやり、うっすらと雪化粧した北山《きたやま》を見上げた。

師走のさなか、なにを求めて京都へやってきたのか。三枝はよく分からずにいる。

思い立ったのは一昨日《おととい》の夜だ。なにもかもスローペースな三枝にとって、珍しく素早い行動だった。

女子大生三人で『上賀茂神社』を訪れたときは、近くの中華料理屋で餃子《ギョーザ》を食べた。京都へ来たらこの店の餃子を食べなきゃ。睦美の奨《すす》めに応じて、ひとり二人前ずつ食べたことを思いだす。あの店はまだあるのだろうか。

橋を渡りきった三枝は、記憶を頼りに御薗橋通《みそのばしどおり》を西へと歩みを進めた。

餃子が名物だった店はすぐに見つかった。

思っていたより新しくて明るいのは、改装したからだろう。ガラス窓から透けて見える店のなかには、ずらりと男性客が並んでいる。空腹はおぼえているものの、女ひとりでは入りにくい。

通り過ぎて、西へ歩くとガラス張りの食堂らしき店があった。数席ほどのカウンター席に、四人掛けのテーブルが四つ。五人ほど居る客はすべて女性だ。ここなら入れそうだ。立ちどまった三枝はガラスの引き戸に手を掛けようとして、すぐ引っ込めた。

看板も暖簾《のれん》もないのだ。食堂だと思いこんだが、店ではなく、集会所のようなところなのかもしれない。

うどんらしき麺を食べている女性は若いが、弁当を食べている女性は母親とおなじくらいの年恰好《かっこう》だ。ここが店なら入りたいのだが。

壁にメニューでも貼ってあれば、と見てみると、不思議な貼り紙が目に付いた。

〈食捜します　鴨川《かもがわ》探偵事務所〉

ここは食堂ではなくて、探偵事務所なのか。しかし、食を捜すとはどういう意味なのだろう。店のなかにいる客は食を捜しに来て、見つかったから食べているのか。三枝の頭のなかは混乱するばかりだ。

ホール係とおぼしき女性と目が合った。三十代くらいだろうか。笑みを向けると、女性は三枝の方に向かってきた。

「お食事ですか？」

ガラス戸を開けて女性が三枝に訊《き》いた。

「え、ええ。ここはお店ですか？」

「はい。『鴨川食堂』ていうんですよ。看板も暖簾もないので分かりにくいですやろ。特にメニューもないんですけど、それでもよかったら」

「あの貼り紙はどういう意味なんです？」

三枝が壁の貼り紙を指さした。

「あれはお父ちゃんの仕事ですねん。むかし食べたもんをもういっぺん食べたい、とか、そういう依頼に応えて、お父ちゃんが食を捜してきはるんです。最近はうちも捜しに行ったりしますけどね」

「食を捜す探偵さんて初めて聞きました」

「日本でもうちだけやと思いますえ」

「それってすぐに捜してもらえるんですか？　探偵料はいくらぐらい掛かります？」

三枝が矢継ぎ早に訊いたのは、思いついたことがあるからだ。

「探偵のほうはお父ちゃんが担当やさかい、すぐに呼びますわ」

女性はスマートフォンを耳に当てた。

「は、はい」

思いがけない展開に戸惑いながらも、今回の京都旅の目的が見えてきたような気がして、三枝は胸を昂《たかぶ》らせた。

「すぐ来るて言うてます。うちは食堂担当の鴨川こいし。探偵のお父ちゃんは鴨川流《ながれ》て言います。どうぞよろしゅうに」

ソムリエエプロンのポケットにスマートフォンを仕舞って、こいしが頭を下げた。

「工藤三枝です。山梨から旅行に来てます」

三枝が一礼すると、リュックサックが音を立ててかたむいた。

「山梨て果物がおいしいとこですよね。富士山《ふじさん》も見えるし」

「おいしいのは果物だけですけどね」

三枝が苦笑いすると、流が現れた。

「お待たせしましたな。鴨川流と言います」

藍地《あいじ》の作務衣《さむえ》を着た流が会釈した。

「突然すみません。工藤三枝です」

「ほなお父ちゃん、あとはまかしたえ」

こいしは店に戻っていった。

「三枝はん、裏が探偵事務所になってますねん。よかったらこちらへ」

流が手招きすると、三枝は素直にしたがって後ろを付いて歩いていく。

五分ほど前には考えてもみなかったが、これは現実なのだろうか。小説ならきっと悪事に巻き込まれる端緒に違いない。それならそれでいい。失うものなどたかがしれているのだから。

食堂の裏にまわると、そこには立派な民家が建っていた。

「探偵事務所には見えまへんやろ」

屈託のない笑顔の流は、どう見ても悪人には見えない。三枝は流に続いて玄関をくぐった。

「三枝はん、お腹《なか》の具合はどないです？　簡単なご飯を食べてもらいながら、話を聞かせてもらう、っちゅうのが鴨川探偵事務所の流儀なんでっけど」

「喜んでいただきます。お腹が空《す》いて『鴨川食堂』さんを覗《のぞ》いていたところなので」

三枝は腹を押さえてみせた。

「よろしおした。すぐに支度しまっさかい、そのあいだにこれを書いといてもらえますかいな。書けるとこだけでよろしいで」

流がテーブルにバインダーを置くと、三枝はその前の椅子に腰かけた。

「探偵依頼書、ですか。こんなの書くの初めてです」

三枝がペンを取ると、流は台所で笑い声をあげた。

「しょっちゅう書いてるひとはおへんやろ」

流ひとりで料理するのだから、きっと時間が掛かるだろう。そう思って三枝はゆっくりと念入りに書き進めた。

「三枝はん、お酒のほうはどないです？　たいしたもんはおへんけど、ひととおりありまっせ」

「日本酒を少しいただこうかしら。お料理のいい匂いがしてきましたから」

「女のひとにぴったりな酒がありますねん。『天美《てんび》』っちゅう長州の酒蔵の純米吟醸です。フルーティーやのに呑《の》み飽きんので、こいしもよう呑んでますわ。ちょっとだけ冷やしてあります」

流が三枝の前に青い切子のグラスを置いた。大ぶりのグラスにはたっぷり酒が入っている。一合ほどはありそうだ。

「いい香りですね。ブドウのような、グレープフルーツのような」

三枝は鼻先にグラスを近づけた。

「酒に負けん料理やと自分では思うとるんですが、お口に合いますかどうか」

いくつもの小皿や小鉢が並んだ膳を、流はゆっくりとテーブルに置いた。

「すごいごちそうじゃないですか」

三枝が目をかがやかせた。

「割烹《かっぽう》やったら八寸ていうとこです。ちょこちょこっといろんなもんを、お酒と一緒に愉《たの》しんでください。左の上の染付の小皿はフグのぶつ切り、ポン酢と和えてまっさかい、そのままどうぞ。その横の信楽《しがらき》の小鉢は柿の白和《しらあ》え、その右の織部《おりべ》には牛ランプの煮込みを盛ってます。よかったら辛子を付けて召しあがってください。その下は蟹酢、その左の焼締の角皿は鯖寿司《さばずし》。酢飯に葉山椒《はざんしょう》を混ぜてます。醤油《しょうゆ》は要らん思います。その左は銀杏《ぎんなん》のカラスミ和え。次は強肴《しいざかな》を出しまっさかい、それまでゆっくり召しあがっててください」

流はバインダーを小脇にはさんで台所に戻っていった。

料理を眺めながら、三枝は少しばかり後悔し始めていた。

せめて料理の値段だけでも訊いておくべきだった。京都の割烹は庶民には縁遠い値段だと聞いている。食堂で軽くお昼をと思っていたのが、今目の前に並んでいる料理は、それとはかけ離れたものだ。

あまつさえ探偵の依頼書まで書いてしまったのだ。たいした現金も持ち合わせていないが、カードは使えるのだろうか。

とはいえ、流れに逆らうことのできない優柔不断な性格は今さら直しようもない。なるようにしかならない。肚《はら》をくった三枝は手を合わせ、ぐいっと酒をあおってから、箸を取った。

肉好きな三枝が真っ先に箸を付けたのは牛ランプの煮込みだ。ランプなら嚙《か》み応えがあるに違いないと口に入れて驚いた。舌の上でほろりと崩れたのだ。味付けは赤味《あかみ》噌《そ》だろうか。山椒の実がいいアクセントになっている。

次はフグのぶつ切りだ。刻んだ皮と一緒にポン酢で和えてある。こちらはしっかりと歯応えがあって、酸味の効いたポン酢のせいで後口が爽やかだ。

ふた品食べただけだが、流はそうとう腕の立つ料理人だろうと思った。

ほとんど趣味もなく、連れ合いもいない三枝にとって唯一の愉しみとも言えるのが食べ歩きである。ひとりでも入りやすいカウンター割烹や居酒屋には、時折り足を運んでいる。超が付くような高級店とは無縁だが、そこそこの店には行っている。地元の山梨と比べるのは憚《はばか》られるが、行きつけにしている店の料理とは断然格が違う。

銀杏のカラスミ和えと蟹酢を箸休めにしたところで酒が空いた。

「すみません。お酒のお代わりいただいてもいいですか？」

中腰になった三枝が台所に首を伸ばした。

「もちろんですがな。しっかり食べてようけ呑んでください。もうすぐ次の料理を出しまっさかい」

流が台所から顔を覗かせた。

ひょっとすると夢を見ているのかもしれない。三枝は頬をつねってみた。

人並みの警戒心を持っている自分が、初対面の男性の家で食事をし、酒まで呑んでいい気分になっていることが信じられない。

いくらここが探偵事務所だと言っても、流とふたりきりなのだ。あまりにも無防備すぎるのではないか。

そう思いながら、案じることなく成り行きにまかせればいい、とも思っている自分が不可解だ。今までの人生にはなかった、不思議な時間を三枝は過ごしている。

「こらこら、お客さんがやはるときは、こっちへ出てきたらあかんて言うてるやろ。奥に引っ込んどき」

流が追い払おうとしているのは、縁側から出てきたトラ猫だ。

「猫ちゃんの名前はなんて言うんですか？」

三枝が駆け寄ると、みゃぁー、とトラ猫がひと声鳴いた。

「ひるねて言います。寝てばっかりおるんで。迷惑やおへんか」

鍋を持ったまま流がひるねを覗きこんだ。

「迷惑だなんてとんでもない。わたしも、マサキっていう、ひるねちゃんによく似たトラ猫を飼ってるんです」

座りこんで三枝が背中を撫《な》でると、ひるねは大きなあくびをした。

「うちは食いもん商売でっさかい、前の店のときは、頑として家の中には入れなんだんですけど、こっちに移ってきてからは大目に見てますねん」

「以前はどこで？」

「『東本願寺《ひがしほんがんじ》』の近くて言うて、場所分かりますかいな」

「なんとなく分かります。京都駅に近いですよね」

「そうです。仏壇屋はんやら数珠屋はんの近所で食堂と探偵やってましたんや」

「食以外はお捜しにならないんですか?」

「失《う》せもん捜しやとか、ひと捜しはせんことにしてます」

「そうですか」

肩を落とした三枝は、気を取りなおしたように食事を続けた。

「お酒のお代わり置いときます。徳利に二合ほど入ってますんで、どうぞ好きなだけ呑んでください」

「そんなに呑んだら、探偵さんにちゃんとお話しできなくなります」

三枝が手を横に振った。

「ぜんぶ呑んでしまわんでもええんでっせ」

流が苦笑いした。

毎日晩酌をしているといっても、缶ビール一本か、日本酒を半合ほどの酒量だ。今日はもう一合近く呑んでいるが、酔いが回っている気配はまったく感じない。

「お口に合うてますかいな」

流が次の料理を運んできた。

「とってもおいしいです。こういうのを京料理と言うんですね」

「とんでもおへん。京料理てなたいそうなもんやのうて、ふつうのおかずですがな」

即座に流が否定した。

「そうなんですか？　なんにしても、わたしにはすごいごちそうですが」

「若狭《わかさ》グジとキノコの揚げもんです。熱いうちにポン酢を付けて召しあがってください」

「おいしそう」

三枝はいくらか上気した顔で青磁の皿を覗きこんだ。

「グジは、唐揚げにしときました。軽ぅ塩振ってまっさかい、パリパリッとそのまま食べてください」

「こんな食べ方はじめて。どんな味なのかワクワクします」

三枝が焼締徳利の酒をグラスに注いだ。

「このあとご飯もんをお持ちしまっさかい、ごゆっくりどうぞ」

流が台所に向かうと、ひるねがそのあとを追った。

グジという名前に聞き覚えはあっても、食べたことはない。肉厚の白身魚はいかにもおいしそうだ。

添えられたポン酢を付けて、グジを口に運ぶと、爽やかな甘みが口中に広がった。

「おいしい」

思わず三枝はひとりごちた。

一見すると鯛《たい》のようだが、噛み応えのある身はまるで別ものだ。ねっとりとした旨《うま》みが舌に絡まるが、後口はさっぱりしている。

鳥肌が立つという言葉が頭に浮かんだ。グジのうろこがきれいに立っている。指でつまんで口に入れると、パリパリした食感が心地いい。

七分目ほど注いだ酒が残り少なくなっている。これ以上は呑まないほうがいい。そう思いながらも、ついグラスに手が伸びてしまう。

つい呑みすぎてしまう、などということはこれまでの人生で一度もなかった。不思議だらけの時間に、三枝は小首をかしげた。

それにしてもおいしい料理だ。京料理という言葉を流はすぐに否定したが、きっとそれは京都人特有の謙遜なのだろう。と、また値段が気になりはじめたが、今さらどうすることもできない。

不安な気持ちを酒で紛らわす。それもまた三枝には初めての経験だ。

「今日の〆《しめ》はグジ寿司です。赤酢と醬油で味を付けた酢飯の上に、昆布で〆たグジの薄造りを載せてます。お好みで刻んだ木の芽とワサビと一緒に食べてください」

流がテーブルに置いたのは鰻重《うなじゅう》に使われているような、黒い漆塗りの浅めの重箱で、酢飯が見えないほど、びっしりとグジの切身が敷き詰められている。

ちらし寿司の一種なのだろうが、初めて見る眺めに三枝は圧倒された。

酒で喉を潤してから、三枝はグジ寿司に箸を付けた。

薄切りのグジで酢飯を包むようにして口に運ぶと、得も言われぬ香りが広がった。ねっとりとしたグジの身と、酸味の効いた酢飯が口のなかで一体になる。ずっと食べ続けていたいと思わせる味だ。

おなじ魚なのに、唐揚げにしたものとは、まるで味わいが異なるのはなぜなのだろう。またグラスに手が伸びるのに、まるで罪悪感がない。すーっと喉を滑っていく酒が心地いい。

グラスと箸を交互に持ち替えるうち、グジ寿司はほぼなくなり、酒は三分の一ほどを残すのみになった。

こんなにゆったりした気持ちで食事をするのは、いつ以来だろうか。いつもは、どうしても母親のペースに合わせてしまうから、落ち着かない。

思い切って京都に来てよかった。ほかになんの収穫がなかったとしても、こんな時間を持てただけで充分だ。

「ぼちぼちお話を聞きまひょか」

流が台所から出てきた。

「そうだ。肝心のことを忘れてました。こんなおいしいものを食べられただけで幸せなので、もういいかも、と思ってしまいます」

「そう言うてもろたら、うれしいような、がっかりするような、ですわ」

流が微苦笑した。

「ちょっと酔ってしまって、失礼なこと言ってしまいました」

三枝は小さく頭を下げた。

「座らせてもろてよろしいかいな」

「どうぞどうぞ」

テーブルをはさんで向かい側に流が腰をおろした。

「工藤三枝はん。甲府《こうふ》でおかあさんとふたり暮らししてはるんですな」

「はい。今年傘寿を迎えた母は、要介護一ですから、それほど手は掛からないのですが、ひとりで生活するのはむずかしいので、十年以上一緒に暮らしています」

「たいへんですなぁ。わしも介護してもらわんならんようになったら、施設に入れてくれよて娘に言うてるんですわ」

「要介護一ではなかなか施設に入れないんですよ」

「そうでっか。むずかしいもんなんですな」

流は作務衣のポケットから小さな手帳を取り出した。

「食事はいつも母と一緒なので、ひとりでゆっくりご飯を食べてお酒を呑むのが愉しみなんです。ありがとうございます」

三枝が腰を浮かせた。

「よろしおした。食捜しの探偵のことは、どこでお聞きになったんです？」

流はバインダーを横に置き、手帳を開いた。

「食堂に貼り紙がしてあったのを見て」

「ということは、食捜しに京都へお越しになったんやないんでっか」

「まったく。むかしの思い出を辿《たど》ってみたいと思って京都に来たのですが、食を捜してもらおうと思ったのは、あの貼り紙を見てからなんです」

「そら、えらい偶然でしたんやな。けど、それが縁っちゅうもんです」

「縁って不思議ですね。『上賀茂神社』さんにお参りして、お昼を食べようと思ってお店を覗くまで、食を捜そうだなんて思ってもいなかったし、お昼は餃子でもと思っていたら、こんなごちそうにありついたし」

「縁っちゅうのはそういうもんです。人間の力でどないかなるもんやのうて、天のめぐり合わせていうか、神さんの思《おぼ》し召しですやろな。捜そうと思うてはるのも、そんな食でっか？」

流は三枝の目をまっすぐに見た。

「おっしゃるとおりです。二十歳のころですから、今から二十五年ほど前に紡がれた、細くて短い糸のような縁です」

「詳しいに教えてもらえまっか」

流が短い鉛筆をかまえた。

「女子大の友人ふたりと三人で京都旅行に来ました。睦美が計画を立て、友子が予約や手配をしてくれて、わたしは付いてゆくだけ。そんな京都旅でした」

「友子はんと睦美はんとは親友っちゅう感じでしたか？」

「はい。仲良し三人組という感じで、ふたりは超が付くほどの積極派で、わたしはどちらかと言えば引っ込み思案で、それで当時はうまくバランスが取れていたんだと思います」

「当時は、っちゅうことは今は違うんですな？」

「ええ」

三枝は目を伏せた。

「捜そうと思うてはる食っちゅうのは、その京都旅行のときのもんでっか？」

流が話を本筋に戻した。

「はい。少し長い話になるのですがいいですか？」

「もちろん。探偵っちゅうのは話をしっかり聞いてナンボですさかいな」

「京都駅近くのホテルに泊まって、二泊三日のあいだ名所をたくさん回って、ほんとうに愉しい旅でした。金閣寺や清水寺、二条城《にじょう》、嵐山、上賀茂神社、ぐらいだったかな。三人でおしゃべりするのに夢中で、どんなところだったか、ほとんど覚えてないのですが」

三枝が口もとをゆるめた。

「修学旅行みたいなもんですな。何処《どこ》へ行って何を見たか、より、友だちとずっと一緒に居られるほうが愉しいですわな」

「さっきも言いましたけど、友子も睦美も積極的なので、男のひとにもすぐ声を掛けたりして、ナンパみたいなことをしてました。ふたりとも美人なんで男のひともけっこう乗ってくるんです」

「なんとのう目に浮かびますわ。三枝はんは、そのうしろでもじもじしてはったんですやろ」

「おっしゃるとおりです。そういうのは性に合わなくて、というより、はしたないと思ってしまって」

「そういうふうに躾《しつ》けられはったんですやろな」

「亡くなった父は厳格なひとでした」

「捜してはる食は、お友だちがナンパしはった男のひとと関係あるんですな？」

「どうしてお分かりになったんです？」

三枝は口をあんぐりと開けたままで、目をしばたたいた。

「これが仕事ですさかいな」

「びっくりしました。まさにそうなんです。嵐山へ行ったときに人力車の車夫さんに友子が声を掛けて、夜の食事に誘ったんです。そしたらすぐ乗ってきて、四人で食事することになったんです。軽い男のひとだなぁと思って、わたしは気乗りしなかったんですが、ひとりで別行動する勇気もなかったので、渋々付いていきました」

「たしかに軽い男性ですなぁ。女性にナンパされて、ひょいひょいと付いていくてな」

手帳にメモしながら流は眉をひそめた。

「彼はマサキさんって言うんですけど、知り合いがやっている店だと言って、銀閣寺《ぎんかくじ》の近くにあるイタリアンへ連れて行ってくれました。ピザやパスタがおいしかったことを覚えています」

「そのイタリアンで、マサキはんと一緒に食べた料理を捜してはるんですな」

「残念。ハズレです」

三枝は赤ら顔をほころばせた。

「わしの勘もにぶったもんや」

流は悔しそうに舌打ちをした。

「回りくどい話ですみません。でも、ここからお話ししないと分かってもらえないかと思って」

「回りくどいてなこと、気にせんといてください。捜すほうから言うたら、ちょっとでも情報が多いほうがありがたいんでっさかい。どうぞ続けてください」

再び短い鉛筆をかまえた流は鋭い視線を三枝に向けている。

「なんだかドラマで聞き込みをしている刑事さんみたいですね」

「むかしのクセはなかなか抜けまへんのや」

流は手帳のページをめくった。

「冗談のつもりだったんですが、本物の刑事さんだったんですか」

三枝が大きく目を見開いた。

「ふるい話ですさかい、気にせんと話の続きを」

表情をやわらげた流を見て、三枝は流に警戒心を持たなかったわけが分かった。危害を加えられる気配を感じなかったのは、流がひとの安全を守る立場にいたからなのだろう。

「夕食を終えて、酔い醒《ざ》ましもかねて少し散歩しようということになって、哲学の道という小川沿いの道を四人で歩きました。食事中マサキさんはずっと友子と睦美とばかり話していたので、気を遣ってくれて散歩中はずっとわたしと並んで歩いて、いろんな話をしてくれました。京都の歴史だとか、おいしいお店の話とか、コーヒーが大好きで、京都に移り住んだのは、コーヒーのおいしい店がたくさんあるからだ、とか。わたしのこともたくさん訊いてくれました。どんな本が好きかとか、うどんと蕎麦《そば》のどっちが好きか、とか。友子と睦美が白けるほど、わたしと話をしてくれて」

三枝が遠い目を宙に遊ばせた。

「若いときの思い出っちゅうのはよろしいなぁ。目がキラキラしてはる」

「すみません。ぺらぺら余計なことしゃべってしまって」

「なんべんも言うてますやろ。ようけしゃべってもろたほうが捜しやすいさかい、気にせんでええて」

「お言葉に甘えてもう少しだけ続けさせてください。初夏の心地いい風に吹かれながら、三十分ほども歩いて、そろそろ帰ろうかとなって、広い通りに出てタクシーを探しているときでした。明日の朝ここで会えませんか、ってマサキさんが小声で訊いてきたんです。次の日の朝は特に予定が入ってなかったので、はいと答えました。友子も睦美も酔っていたので、気付いていないようでした。天王町《てんのうちょう》という交差点へ次の日の朝七時に行ったら、マサキさんが待っていて、哲学の道を今度は南から北へ歩きました」

「夜と朝では、がらっと空気が変わりまっしゃろ。東山のふもとやさかい、朝は日陰になって、新緑のころはそこがまたよろしい」

流が合いの手を入れた。

「何も食べずに来て、とマサキさんが言ったのは、朝ご飯を用意してくれてたからだと分かりました。お手製のサンドイッチと、マサキさんが淹《い》れたコーヒー、デザートのスポンジケーキ。ベンチの真ん中にバスケットを置いて、その両側に座ってふたりで朝ご飯を食べる。なんだか夢のような時間でした。でも、なぜわたしにこんなことをしてくれるのだろうと不思議に思って、単刀直入に訊いたんです。そしたら……」

「野暮なこと訊きなはんな。答えはひとつしかおへんがな。好きになってしもうた」

口元を緩めた流が、三枝に笑みを向けた。

「半分正解で、半分ハズレです」

歪《ゆが》んだ笑みを流に向けて、三枝が続ける。

「初恋のひとにそっくりで、好きになった、って言ったんです。素直に喜べない複雑な気持ちで。でも、好きだって言われたことはうれしいし」

「余計なことを言うヤツですな。けど、そのマサキはんは嘘がつけん正直な男やと思いまっせ」

「たしかに裏表のないひとだとは思いました。好きだと言ってくれてる男のひとと、一緒に彼手作りの朝ご飯を食べるなんて、なんだか映画のヒロインみたいな気分になって」

三枝は庭を眺める目を細めた。

「捜してはるのは、その手作りの朝ご飯でっか？」

流が訊いた。

「はい。あのとき食べたスポンジケーキの味が忘れられなくて」

「ケーキまで手作りでしたんか？」

「いえ。お気に入りの店のだそうです。自分が淹れるコーヒーには、これが一番よく合うんだって言ってました」

「スポンジケーキっちゅうても、いろいろありますやろ。どんなんでした？　わしねぇ、スイーツ系は苦手ですねん」

流が苦笑いを浮かべた。

「わたしもうろ覚えなもので、どこまでお伝えできるか……」

三枝が首をかしげると、流はスマートフォンを耳に当てた。

「こいし、忙《いそが》しなかったら、ちょっと来てくれるか？　頼みたいことがあるんや」

電話を切って流が立ちあがった。

「ちょっと待っとぉくれやっしゃ。今助《すけ》っ人《と》を呼びましたさかい」

「すみません、わたしが頼りないばかりに」

「人間みなそれぞれ得意分野っちゅうもんがありまっさかいな」

流はカラーペンとノートをテーブルに置いた。

「遅なってごめん」

こいしが息せき切って部屋に入ってくると、ひるねが駆け寄ってきた。

「お手をわずらわせてすみません」

三枝が腰を浮かせた。

「三枝はんがスポンジケーキを捜してはるんやが、詳しいに聞いたげてくれるか」

「分かった。スポンジケーキやね」

流の隣に座ったこいしはノートを広げ、ペンをかまえた。

「たぶんスポンジケーキだと思うのですが、どら焼きのような感じだったような気もします」

三枝が小首をかしげた。

「覚えてはることだけでええので、どんなケーキやったか教えてください」

こいしが三枝に向きなおった。

「はい。大きさはこれぐらいで、形は……」

身を乗りだした三枝の話を聞きながら、こいしはイラストを描きはじめた。

「そう。形はそんな感じでした。で、色は……」

三枝の言葉どおりにイラストを描き進めるこいしは、時折りうなずき、時に首をかしげている。

「なんかこう、外の生地がふたつ折りになっているような感じで、指で押さえるとカスタードクリームが少しはみ出て、それをマサキさんが舐《な》めるのが、とっても可愛《かわい》かったんです」

三枝が顔を赤らめた。

「マサキさんて誰ですか？」

ペンをとめてこいしが三枝に顔を向けた。

「その話はあとでするさかいええがな」

流が口をはさむと、こいしはむくれ顔をしながらもイラストを描き終えた。

「どうです？」

こいしが三枝にノートを向けた。

「はい。こんな感じだったと思います」

三枝が大きくうなずいた。

「よかったぁ。まだお客さんやはるさかい、あとはお父ちゃんよろしゅう」

こいしは立ちあがって、急ぎ足で部屋を出て行った。

「ありがとうございました」

中腰になって三枝がその背中に声を掛けた。

「どっかで見たことがあるケーキですな」

流がノートを手元に引き寄せた。

「見つかるといいのですが」

心配そうな顔をして、三枝が覗きこんだ。

「それはそうと、なんで今になってこれを捜そうと思わはったんです？」

流は鋭くとがった視線を三枝に向けた。

「捜そうと思ったのは、あの貼り紙を見てからなので、出合い頭みたいなものなんです。だから、なぜって訊かれても、はっきりとお答えできるかどうか」

三枝が顔を曇らせた。

「ほな、質問を変えまひょ。今回京都を旅しようと思わはったきっかけは何やったんです？」

流が手帳を開いた。

「それならはっきりしています。二十五年前に戻ってみたかったんです。今さら人生をやり直すことなどできないのは、よくよく分かっているのですが」

「なるほど。二十五年前はちょうど二十歳のころですわな。まさに人生の出発点。そのスタート地点を、もういっぺん見てみたいと思わはったんですな」

「はい。もしかすると違う人生があったかもしれない。それを振り返ってみたいんです」

「立ち入ったことを訊きまっけど、三枝はんは今の人生に満足してはらへんのでっか？」

「ものすごく大きな不満がある、とかではないんですけど、満足していないことは事実です。おなじスタート地点に立ってたはずなのに、友子と睦美には大きな差をつけられてしまったし」

三枝は悔しそうに唇を嚙んだ。

「人生っちゅうのは、ひとと比べるもんやない思いますけどな」

「そうでしょうか。アスリートだっておなじでしょ？　同時にスタートしたのに、ゴールしたときは順位がつくじゃないですか。比べるな、っていうのは正論かもしれませんけど、きれいごとに過ぎない気がします」

三枝は息を荒くした。

「探偵とは関係ない余計なことを言いましたな。すんまへんでした」

「こちらこそ、失礼なことを言って申しわけありません。お料理もお酒もおいしかったので、ちょっと呑みすぎてしまいました」

三枝が小さく頭を下げた。

「いろいろため込んではるんですやろ。たまには吐きださんとあきまへん。どうぞ遠慮のう」

「ありがとうございます。愚痴をこぼす相手もいないのでつい」

「不満を持たん人間てなもん、居るわけおへんのやが、ときどきそれを吐きだしとったら、まぁ人生っちゅうのはこんなもんやな、とあきらめがつくんですわ」

「結婚もせず、心を許せる友だちも作らず、この歳になってしまったのは、身から出た錆《さび》だと思っています」

「それもちょっと違うように思いますんやが。それは横に置いといて話を戻しまひょ。お友だちのふたりと差が付いた、っちゅうのはどういうことです？」

流が訊いた。

「ふたりは勝ち組、わたしだけが負け組になったということです。睦美は有名アパレルメーカーの社長夫人におさまったし、友子はエステサロンを開いて全国にチェーン展開している。どっちも富裕層の代表みたいな暮らしをしてるのに比べて、わたしは年老いた母の介護をしながら、自宅で細々と事務の仕事をして生計を立てている。これから先の愉しみもまるでないし、話し相手と言えば猫だけだし」

三枝は深いため息をついた。

「猫のマサキくんはいっつも傍に居てくれるんですな」

流がにやりと笑うと、三枝は顔を真っ赤に染めた。

「お恥ずかしい話ですが、あのとき以上に胸をときめかせるようなひとに、出会うことはありませんでしたので」

「ちっとも恥ずかしいことありまへんがな。っちゅうか、これから先に出会う機会はなんぼでもありますで」

「そこなんです。いつまでもむかしの思い出にすがっているようでは、そんな機会も見過ごしてしまうでしょ。だから、あのお菓子をもう一度食べて、あのころに巻きもどすことができれば、忘れ去ることができるんじゃないかと思って」

「ひとつ訊いてよろしいかいな」

流が三枝の顔を覗きこんだ。

「なんでしょう？」

「マサキはんとはそのときだけでしたんか？」

「はい。さっきも言いましたけど、あのときは初恋のひとの代わり、というのが引っかかってしまって。でも、あとから考えるとあれは彼の照れ隠しだったのかもと思うようになって」

「連絡先とかは交換しはらへんかったんでっか？」

「もしもまた会いたくなったら、嵐山へ行って人力車を捜せばいいと思ったのと、こんな出会いはこれからいくらでもあるだろうとも思ったので、特にそんなことはしませんでした。今ほど携帯電話も普及してませんでしたしね」

「嵐山へ会いに行ったりはなさらんかったんですな」

流が念を押すと、三枝は表情を変えた。

「実は一度だけ行ったんです。大学を卒業したときでしたから、出会ってから三年後のことです。ひとり旅でした。桜の柄の着物も着て精いっぱいおしゃれして行ったのですが、会えず終《じま》いでした。マサキさんは人力車の会社を辞めてしまってたんです」

「それは残念でしたな。もし会うてはったら進展しとったかもしれなんだのに」

「今から思えば、そうかもしれません。でもわたしはそのとき、自分に言い聞かせたんです。京都に来たのはマサキさんに会うためだけじゃない。ただ京都の街をぶらつきたいだけなんだ、って。ただの負け惜しみなんですけど」

「それが三年後でしたか。それからもう二十二年も経った今になって、またこうして京都へお越しになってる。人間の思いっちゅうのは複雑なもんですな」

「でも今回は、はっきりと目的を持って来ました。二十五年前に戻る、というより決別する、といったほうが正しいかもしれません。ただその術《すべ》が分からなかったんです。どうすればあのときに戻れるのか、忘れ去ることができるのか。そんなときに偶然、〈食捜します〉の貼り紙を見て、これだ、と思いました。あんなに胸をときめかせて食べたものって、あのあとはまったくありませんでした。マサキさん手作りのサンドイッチやコーヒーも捜して欲しいんですけど、さすがにそれは無理でしょうし、となればあのスポンジケーキしかない。あれならどこかのお店のものだとマサキさんが言っていたから、見つけだしてもらえるかもしれない。そうひらめいたんです」

語り終えて三枝は椅子の背にもたれかかった。

「分かりました。捜してみまひょ。二週間ほど時間をもらえまっか？」

「はい。別に急ぐことではないので」

「そしたらこっちから連絡しまっさかい、もういっぺん来とぉくれやす」

「どうぞよろしくお願いします」

腰を浮かせた三枝は頭を下げた。

「もしも、でっけど、マサキはんっちゅう方に会うたら、三枝はんのことは言うてもええんでっか？」

「それはやめてください。きっともう彼はわたしのことなんか忘れてるでしょうし、二十五年も前のことを引きずってる、執念深い女だと思われるに決まってますから」

三枝は眉をひそめた。

「承知しました」

「ごちそうさまでした。こんなおいしい京料理をいただいたのは初めてです。お勘定をしてくださいますか」

三枝はリュックサックを引き寄せた。

「京料理てなたいそうなもんやおへんけど、お口に合うてよろしおした。食事の代金は探偵料に含まれてますんで、そのときでけっこうです」

「そうですか。ではこの次に」

三枝はホッとしたような顔つきで、リュックサックを床に置いた。きっとここではクレジットカードなど使えないだろう。少額しか現金を持ち合わせていない三枝は、支払いを案じていた。

「これからどちらへ？」

流が訊いた。

「今日はこのあと『下鴨神社《しもがも》』へ行くことだけは決めていますけど、そのあとは未定です。明日は嵐山のほうへ行ってみようと思っていますが、きっとすごい人出でしょうね。二泊分のホテルを予約するのもたいへんでしたから、観光地の混雑が思いやられます。冬なら空いているだろうと思ったのは甘かったですね」

立ちあがって三枝がダウンコートを手にした。

「このごろの京都はシーズンオフがなくなったみたいですわ。外国のかたは年中来てはります。気を付けて観光してくださいや」

流が玄関に向かって先導した。

「今朝『上賀茂神社』へ向かうときは、こんなおいしいものを食べられるとは思ってもいませんでした。ありがとうございます」

三枝が頭を下げると、ひるねが足元に駆け寄ってきた。

「ひるねちゃん、また来るからそれまで元気でね」

屈《かが》みこんで三枝がひるねの頭を撫でた。

「あんまりうろうろしたら迷子になるさかい、おとなしいしときや」

流の言葉を理解したのか、ひるねはゆっくりと庭へ戻っていき、三枝は何度も振り向きながら、御薗橋通へ向かった。

三枝と入れ替わりに向かってくるのはこいしだ。三枝が去ってゆくのを見かけたのだろう。

「ちゃんと訊けたん？」

「もちろんやがな。だいじなことは手帳にメモしたさかい万全や」

流が胸を張った。

「まぁ、さっきのイラストを描いて、おおかたの目ぼしはついたけどな」

こいしが涼しい顔をした。

「わしもなんとのう分かったような気がしとるけど、自信ありそうやさかい、こいしに捜しに行ってもらおか」

「分かった。今回はうちが捜しに行くわ」

「えらい素直やないか。こっちに引っ越してきて性格変わったんか」

流が皮肉っぽい笑顔をこいしに向けた。

「うちもアレを食べたなったんや」

こいしがぺろりと舌を出した。

「おおかたそんなこっちゃろと思うたわ」

流が肩をすくめた。

2

年の瀬も押し迫った京都は、二週間前に比べてひとは少ないように感じ、そのせいもあるのか一段と厳しい寒さだ。バスのなかは暖房が効いているのだが、ダウンコートを着たままでちょうどいい。

たった二週間でこれほど季節が進むのか。だとすれば二十五年という歳月はどれほど季節の移ろいを繰り返してきたのだろう。そのあいだ自分はいったいなにをしていたのか。バスの窓から京都の街並みを眺めながら、三枝は過ぎた日々を思い返していた。

流に教わったとおり、JR京都駅から9号系統の市バスに乗り、『鴨川食堂』へ向かう。京都にしてはめずらしく広い通りの堀川通《ほりかわどおり》にはたくさん街路樹が植わっていて、そのほとんどが葉を落としている。

通勤や通学を急ぐひとたちが、次々と乗りこんできては降りてゆく。

花も葉もない寒々とした木に、三枝はこれまでの人生を重ね合わせた。花はともかく、少なくとも葉っぱだけはたくさん付いていたはずだ。その葉を散らせたのは時折り吹く強い風で、それを煽《あお》っていたのは母だったと思えてならない。もちろん母がそう望んでいたわけではない。それはよく分かっているが、結果として母の存在がわたしの人生という木から花も葉も吹き飛ばしてしまった。

最寄りのバス停〈上賀茂御薗橋《かみがもみそのばし》〉で降りると、すぐ斜め向かいが『鴨川食堂』だった。

「おはようございます」

ダウンコートを腕に掛けて、三枝がガラスの引き戸を開けると、こいしが笑顔で迎えた。

「おはようさんです。すみませんねぇ、朝早《はよ》ぅに来てもろて。このごろお昼が忙しいんで」

白いシャツに黒いソムリエエプロンをつけ、ブラックジーンズを穿《は》いたこいしが、一番奥のテーブルに案内した。

前回は覗いただけなので、よく分からなかったが、店は奥に長い。数人が腰掛けられるカウンター席と、四人掛けのテーブル席が四つ。どこにでもある食堂の佇《たたず》まいは、前回探偵事務所で食べた料理とは、まるで釣り合わない質素な造りだ。

「いえいえ、こちらこそ暮れのお忙しいときにお邪魔をして」

トートバッグを椅子に置いて、三枝が頭を下げた。

「京都は寒いですやろ。山梨のほうはどうなんです？」

こいしは念入りにテーブルを拭いている。

「甲府もあまり変わりませんよ。今朝家を出るときは息も白かったし」

「コーヒー淹れますわね。捜してはったお菓子と一緒に飲んでもらおと思うて、用意したんで」

「ありがとうございます。よく捜しだしていただけましたね。あいまいな記憶だったので、ご苦労を掛けたんじゃないですか」

「たぶん合うてると思うんやけど、違うたらごめんなさいね」

「違っていても分からないかもしれません」

三枝はこいしと顔を見合わせて笑った。

「おこしやす。遠いとこをご苦労はんですな」

藍地の作務衣を着て、白い和帽子をかぶった流がこいしの横に立った。

「先日はごちそうさまでした。帰ってから何度も思いだしていました」

「よろしおした。捜してはったケーキは、こいしがあんじょう見つけてきよったんで、愉しみにしとってください」

「ありがとうございます」

「お父ちゃん、コーヒーはうちが淹れるし、ケーキを出してきて」

「よっしゃ、分かった」

　こいしはカウンターのなかに入り、流は奥の部屋の入口にかかる暖簾をくぐった。暖簾の隙間から立派な仏壇が見えた。食堂のバックヤードに仏間があるのはなんとも不思議だが、なにかわけがあるのだろう。頭上を見上げるとテレビが備え付けてあり、その横にはこちらも立派な神棚がある。信心深い親子なのだ。

　父と一緒に仕事をする娘は、どんな気持ちなのだろう。早くに父を亡くした三枝には想像すらできない。母と一緒にいる時間の長さとはあまりに違い過ぎる。せめてあと五年でも父が生きていたら、少しは変わっていたかもしれない。

　ミルでコーヒー豆を挽《ひ》く音がし、やがて芳《かぐわ》しいコーヒーの香りが漂ってきた。コーヒー通にはほど遠いが、少ない日でも一日に三杯はコーヒーを飲む三枝には、おおよその判別がつく。深煎りのコロンビアに違いない。

「お待たせしました」

　こいしがレトロな花柄のカップに入ったコーヒーを三枝の前に置いた。

「いい香りですね。コロンビアですか？」

「よう分かりましたね。コーヒーお好きなんや。滅多にこないしてていねいにコーヒーを淹れへんので、緊張しましたわ」

「こいしさんは紅茶派ですか？」

「お酒派です」

こいしが苦笑いした。

「おいしい」

ひと口飲んで三枝が目を細めた。

「お待たせしましたな」

三枝がカップをソーサーに置くと、すかさずその横に、流はケーキがふたつ載った染付の皿を並べた。

「これです。こんなお菓子でした」

目を輝かせた三枝は、菓子に顔を近づけた。

「よろしおした。ゆっくり味おうてください」

流が目で合図すると、小さくうなずいて、こいしは流と暖簾をくぐっていった。

一刻も早く食べたいとはやる気持ちを抑え、皿を持ち上げた三枝は、まじまじとケーキを見る。

スポンジケーキと言ったが、表現が間違っていた。洋風のどら焼き、が正しかったのか。それでも捜しだしてきてくれたのだから、そんなことはどうでもいい。

まるく焼いた生地を二つに折って、その間にカスタードクリームを挟んだだけの、シンプルなケーキだ。

YOFUDOと生地に刻印してあるのを見て、少しずつ記憶がよみがえってきた。どういう意味なんだろうと訊くと、マサキは声を上げて笑って、なにかを説明したけど、笑われたことにムッとしたので、ちゃんと聞いていなかった。馬鹿にされたように思えたのだが、気を張りすぎていたのだろう。

目いっぱい虚勢を張っていたのは若さゆえのこと。今ならどんなに笑われても平気なのに。

三枝はケーキを指でつまみ、そっと口に入れて目を閉じた。

風に揺れる木がさわさわと音を立て、川面を見つめるマサキの横顔が、木漏れ日に輝いている。

そうだ。こんな味だった。生地もカスタードクリームも、ふうわりとやさしい味で、思わず笑みがこぼれる。

もうひとつどうですか？　ケーキを差しだしたマサキが訊いてくれたので、無遠慮を承知で受け取った。甘い誘惑に負けたのだ。

二十五年前と今が交錯する。

短い時間だったが、あれほど胸を弾ませたのはあのときが最初で最後だった。

ふたつ目を食べる前にコーヒーを。三枝は少しばかりぬるくなったコーヒーを舌の上に滑らせた。

コーヒーまでもがあのときとおなじ味のように感じるのは気のせいだろう。あのときのコーヒーはマサキが自分で淹れたと言っていたし、このコーヒーは今目の前でこいしが淹れたものだ。おなじなわけがない。

ひとり笑いをして、三枝はふたつ目のケーキを手にした。ふたつ目の生地には刻印がない。なにか違いがあるのだろうか。

生地を指で押さえると、カスタードクリームがはみ出てくる。マサキの横顔が浮かぶと、せつなさに胸がしめつけられる。

もうあの日に戻ることなどできるわけもないのに、なぜそれをたしかめようとしたのか。

不意に涙が出そうになった。懐かしさより悔しさが先に立つ。三枝はケーキを持ったまま、目をしばたたいた。

名残りを惜しむように、ゆっくりと口に運ぶ。味はひとつ目とおなじような気がするが、違うようにも思える。

どちらにしても、なんてやさしいケーキなのだろう。手触りも味わいも、なにもかもがやさしい。ずっとこのやさしさに包まれて生きることも、望めばできたような気がする。

今さら望んでも手遅れなのだが。

ふたつ目を食べ終えて、三枝は残ったコーヒーをゆっくりと味わった。

「どうでした？　合うてましたか？」

暖簾をくぐってこいしが三枝の傍らに立った。

「はい。間違いなくこれだったと思います」

三枝はカップをソーサーに置いた。

「よろしおした」

流がこいしのうしろに立った。

「どうやって捜しだされたのか、お話を聞かせてくださいますか？」

「向かいに座らせてもろてもよろしいかいな」

「どうぞどうぞ。気が付きませんで失礼しました」

三枝が中腰になると、テーブルを挟んで流とこいしが腰かけた。

「こんなこと言うたらなんですけど、これまで捜してきた食のなかで一番楽でした。イラストを描かせてもろたとき、すぐピンときました。〈洋風堂〉さんのワッフルやて」

タブレットを操作して、こいしは〈洋風堂〉のホームページをディスプレイに映しだした。

「このお店のケーキだったんですか。ワッフルっていうんですね。ワッフルって四角い形の凸凹《でこぼこ》した、もっと固い生地のケーキだと思っていました」

三枝がディスプレイを覗きこんだ。

「あれはベルギーワッフルて言うんやそうで、これは日本風ワッフル。うちは子どもの頃からこれを食べてたんで、ワッフルて言うたらこれやと思うてました」

「そうでしたか。ふたつともおなじ店のですか？」

三枝が訊いた。

「ＹＯＦＵＤＯっちゅう文字が入っとったんは〈洋風堂〉のでっけど、文字が入っとらんのはわしが作ったワッフルです。捜してきた店のもんだけでは、依頼人はんに失礼でっしゃろ。それに〈洋風堂〉はんのワッフルはお住まいの甲府にはありまへんしな。これを再現してみてレシピを書いときましたさかい、おうちでも作ってみてください」

流が茶封筒を三枝の前に置いた。

「ありがとうございます。たしかお菓子は苦手だとおっしゃっていたのに、まったく区別が付かないほどでした。この前いただいたお料理にも驚きましたけど、このワッフルにもびっくりしました」

「そない言うてもろたら、苦労して再現した甲斐《かい》があるっちゅうもんですわ」

こいしを横目で見た流は胸を張った。

「うちが見つけてきいひんかったら、再現できひんかったんやけどね」

こいしが鼻を高くして言葉を返した。

「負けず嫌いなやっちゃ」

流が鼻で笑った。

父と娘のやり取りがなんとも微笑《ほほえ》ましい。うらやみながら三枝は、ケーキ捜しがマサキと結びつかなかったことに落胆する。

〈食捜します〉という貼り紙を見た瞬間、きっと食捜しの過程で、マサキの消息につながるだろうと期待したのだったが、あっさりと夢はついえてしまった。

「二十五年前に戻れましたかいな」

流が三枝に笑みを向けた。

「え、ええ。戻ったからどうなるものでもないんですけどね。スタート地点では横並びだったのに、わたしだけが取り残されてしまったのは、自分のせいじゃない。母の面倒を見続けてきたからだということも、はっきり分かってよかったです」

三枝は憮然《ぶぜん》とした表情でため息をついた。

「ご苦労なさってきたのは、ようよう分かりますけど……」

流は続く言葉を呑みこんだ。

「入院したり施設に入ったりするほどじゃないけど、ひとりで放っておくわけにはいかない。言ってみれば中途半端なんです。手が不自由だから、食事もなにもかも時間が掛かるし、手助けしないといけない。足もおぼつかないので、杖代《つえ》わりになってやらないといけない。最近はお風呂に入っても、ちゃんと身体を洗えないので、背中も流してあげないといけない。あれもこれも、なにもかもしてあげないといけない。恋なんてしてるヒマもない人生をずっと続けてきたんです。そんなことをしなくてよかった二十五年前に、戻れるものなら戻りたい」

三枝の頬をひと筋の涙が伝った。

口を開きかけて、流は言葉をため息に変えた。

しばらく続く沈黙を破ったのはこいしだった。

「三枝さん、ちょっとこっちに来てもらえます?」

促されるまま三枝は立ちあがって暖簾をくぐった。

「うちのお母ちゃんです。掬子《きくこ》て言います」

こいしが額に入った掬子の写真を指した。

「こいしさんにそっくり。まだお若いのに」

一礼して三枝は掬子の写真を見上げた。

「そない若いこともないんでっせ」

流がこいしの横で照れ笑いを浮かべている。

「具合が悪ぅなってすぐに入院したさかい、世話をする機会がほとんどないまま、お母ちゃんは逝ってしまわはった。それまではほんまに元気なひとやったし、お母ちゃんに手助けしてもろたことは、数え切れんぐらいあるけど、うちが手助けしたことは、ほとんどなかった。いっぺんぐらい、ご飯食べはるのを手助けしたげたかった。杖代わりになって、一緒に歩いたげたかった。お風呂で背中を流したげたかった」

掬子の写真を見つめるこいしの目から、とめどなく涙があふれた。

床に目を落とした三枝は、唇をかたく結んでいる。

「たいへんかもしれんけど、手を掛けたげられるときは……、手を掛けてあげてください」

こいしは小指で目尻をぬぐった。

「おかあさんも三枝はんに感謝してはると思いまっせ。長いあいだ苦労掛けてすまんと思うてはるはずや」

ねぎらいの言葉を掛けられた三枝は、目を真っ赤にして大きくうなずいた。

「ありがとうございます」

「三枝さんもつらいやろけど、おかあさんもきっとつらい思いしてはる」

こいしが言葉を足した。

「おかげさまで心が軽くなったような気がします。そうそう、この前のお食事代と探偵料をお支払いしなければ。カードなんか使えませんよね」

三枝はトートバッグから財布を取りだした。

「うちは特に料金を決めてしませんねん。お気持ちに見合うた分をこちらに振り込んでください」

こいしが小さな白い封筒を三枝に差しだした。

「承知しました。甲府に帰りましたらすぐに」

受け取って三枝はトートバッグの内ポケットにしまった。

「ちっとも急ぎまへんで」

流が笑みを向けると、身支度を整えて三枝が店の玄関に向かった。

「今日はこれからどないしはるんです？」

流が訊いた。

「母がデイサービスに行ってますので、晩ご飯に間に合うように帰るつもりです」

「そしたらワッフルを持って帰って、おかあさんに食べさせてあげてください。〈洋風堂〉さんのは消費期限が今日中になってまっさかい。わしが作ったんも一緒に入れときます」

流が紙袋を手わたした。

「母も甘いもの好きなので喜ぶと思います」

三枝が口もとをゆるめた。

「帰らはるまでまだ時間があるけど、どっか寄って行かはります？」

「『二条城』にでも行ってこようかと思っています」

「ほんまに？　ちょうどよかった。『二条城』のすぐ近くに、さっき飲んでもろたコーヒーを売ってる店がありますんで、ぜひ寄って行ってください」

こいしが茶色いショップカードを三枝に手わたした。

「ほんとですか？　とってもおいしいコーヒーだったので、どこで買えるのかお訊きしようと思っていたんです。〈プース・プース〉。変わった名前のお店ですね」

三枝がショップカードを見つめている。

「青春の思い出につながるフランス語やて、バリスタさんが言うてはりました」

「ロマンティストのバリスタさんなんですね」

三枝はショップカードをトートバッグの内ポケットにしまって、店の外に出た。

「『二条城』へ行かはるんやったら、このバス停から9号系統の市バスに乗りなはれ。〈二条城前〉ていうバス停で降りたら、目の前が『二条城』です。コーヒー屋はんは二条通を東に入ってすぐのとこにありまっさかい、先に行っとかはったらよろしい」

流が食堂のすぐ前にあるバス停の時刻表に目を近づけた。

「なにからなにまで、ありがとうございます。おかげさまで目の前が明るくなりました」

晴れやかな顔を流に向けると、三枝の足元にひるねがすり寄ってきた。

「ひるね、それはお客さんの分やから、袋なめたらあかんえ。ひるねにはあとであげるさかい」

こいしがひるねをにらんだ。

「ひるねちゃんに、また会いに来るね」

屈みこんで三枝がひるねの背中を撫でた。

「〈プース・プース〉にも看板猫がいますよ。美女猫とイケメンバリスタさんのファンはようけやはるみたいで、ワッフルの〈洋風堂〉のご主人もそのひとりらしいです」

「ますます愉しみになってきました。でも、京都のひとってみんなそうやってつながってるんですね」

「縁をだいじにしとったら、いつの間にかつながるんですわ。三枝はんとわしらも、こないして縁がつながった。最初は偶然やったのに。今日も『二条城』に行こうと思うてはったら、すぐ近くにコーヒー屋はんがある。不思議な縁ですがな。だいじにしなはれや。きっとこれからええことがありまっせ」

「ほんとうに不思議ですね」

三枝は感慨深げに、食堂のなかの貼り紙に目をやった。

「9番が来たみたい」

こいしがひたいに手をかざして、近づいてくるバスを覗きこんだ。

バスに乗りこんだ三枝は、何度も手を振って頭を下げ、やがてバスは信号を右折していった。

「なんで言うたげへんかったんや？」

流が食堂に戻るなりこいしに訊いた。

「なにを？」

「なにを、て、そのバリスタはんが古ぅからの〈洋風堂〉のワッフルファンで、店に置いてあったショップカードの店名を見て、ピンときたっちゅう話をやがな」

「確証もないのに、へんに期待持ってもろたらアカンと思うたしやん」

暖簾をくぐって、こいしが仏壇の前に座った。

「〈プース・プース〉っちゅうのはフランス語で人力車のことやとか、看板猫の名前がミエやて言うたげたらよかったのに。そしたら絶対寄らはるやろ。なんかの都合で行かはらへんかもしれんで」

こいしの横に座って、流はろうそくの火を線香に移した。

「いっつもお父ちゃん言うてるやん。縁があったらかならず行き着くて」

「それはそうやけど」

「お母ちゃん、そっち行ったら背中流したげるさかい、それまで待っててや」

こいしが手を合わせた。

「わしがこいしより先に行くがな。ものには順番っちゅうもんがある。なぁ掬子」

流は写真を見上げて手を合わせた。

第二話　雑煮

1

正月休みは明けたが、京都洛北《らくほく》、上賀茂の辺りはまだのんびりとしていて、歩くひともまばらだ。

『鴨川食堂』は昼の時分どきになっても、客の姿はほとんどなく、暖房がよく効いているせいもあって、あるじの鴨川こいしは厨房《ちゅうぼう》のなかであくびを嚙《か》み殺した。

ブラックジーンズに白いシャツ、黒のソムリエエプロンはお決まりのスタイルだ。

「こいしちゃん、お金置いとくわ」

カウンター席から立ちあがり、レシートの上にコインを置いたのは、近所の青果店の主人、池口隆二《いけぐちりゅうじ》だ。

「いっつもおおきに」

「ぼくらはありがたいけど、こんな値段でやっていけるんか心配になるわ」

池口はスタジアムジャンパーを羽織った。

「この辺は学生さんがようけやはるさかい、これぐらいの値段にせんと、てお父ちゃんが言うてはるんで値上げできひんのです」

こいしが苦笑いした。

「食材も調味料も値上がりしてるんで、ぼちぼち限界なんですけどね」

器を下げながら、福村浩《ふくむらひろし》がなげいた。

しわひとつない白衣に白い和帽子といういでたちは、鮨屋《すし》で仕事をしていたときとおなじで、食堂にはいささか不似合いと言えなくもない。

「浩さんもちゃんと給料上げてもらいや。そうそう、首藤《すどう》のおっちゃんは今日きはるんやったな。よろしゅう頼むわ」

池口がこいしに顔を向けた。

「一時の約束やさかい、そろそろきはるんと違うかな。お父ちゃんも食事用意して待機してはるさかい心配要りません」

「八十近いおっちゃんやけど、好き嫌いものうて何でも食べはるんやで」

「鳥取からわざわざ来てもらうんやさかい、旨《うま》いもんを食うてもらわんと、て言うてお父ちゃん腕によりかけてはる」

こいしが力こぶを作ってみせた。

「ありがたいこっちゃ。捜してはるもんが見つかったらええな。流さんによろしゅう」

手をあげて池口は食堂を出て行った。

「首藤のおっちゃんて？」

浩がこいしに訊《き》いた。

「古ぅから池口さんが果物を仕入れしてはる、鳥取の農家さんなんやて。むかし食べたもんをずっと捜してはって、それやったらこんな探偵事務所があるさかい相談してみたら、て池口さんが言うたげはって、今日きはることになったんや」

「鳥取かぁ。行ったことないけど、梨とかラッキョウとかおいしいもんがたくさんあるよなぁ。温泉もあるらしいいし、いっぺん行ってみたいな」

浩が横目で視線を送っても、こいしは気付いていないようだ。

「学校もまだ冬休みやろさかい、しゃあないかもしれんけど、それにしてもヒマやなぁ」

ダスターでカウンターを念入りに拭きながらも、こいしはまたあくびを嚙み殺している。

「近所のお年寄りもこない寒かったら、外へ出るのを億劫《おっくう》がらはるやろし、もうちょっと暖こうなるのを待つしかないやろ。それか、うちもデリバリーしよか」

手を打って浩がこいしの顔を覗《のぞ》きこんだ。

「誰が出前するん？」

手を止めてこいしが言葉を返した。

「ぼくかこいしちゃん、手が空《あ》いてるほうが出前に行ったらええやん」

「忙《いそが》しなったら行けへんよ」

「そういうときは断ったらええ」

「そんな勝手気ままな出前、だーれも注文しはらへんわ」

鼻で笑って、こいしはダスターを持つ手に力を込めた。

「こんにちは。こちらは『鴨川食堂』でしょうか？」

グレーのハーフコートを着た老人が、食堂の外から顔を覗かせた。

「はい。もしかして首藤さんですか？」

こいしが入口に駆け寄った。

「ええ、首藤と申します。池口さんにご紹介いただいて、鳥取からまいりました首藤順三《じゅんぞう》です」

首藤が頭を下げると、背負った大きなリュックがずり落ちそうになった。

「遠いとこをようこそ。池口さんからお聞きしてお待ちしてました。どうぞお入りください」

こいしが首藤のひじに手を添えた。

「おじゃまいたします」

首藤が食堂に入り、浩に向かって頭を下げた。

「おこしやす」

「あなたが探偵の先生ですか。どうぞよろしくお願いいたします」

「違います。ぼくはこの食堂の料理を作ってる福村浩と言います。探偵はもうすぐ来ると思いますが、鴨川流て言うんですよ」

浩が食堂の外に目を遣《や》った。

「それは失礼しました。えらい若い探偵先生やなと思いましたわ」

首藤は大きなリュックを床におろした。

「重いお荷物ですねぇ」

こいしが足をふらつかせながら、リュックを持ちあげて椅子の上に載せた。

「土産がようけ入っとるんで。汚れとるかもしれんで床に置いといてください」

「こんな重いもんを鳥取から背負うてきはったんですか。たいへんやったでしょう」

「慣れとるからなんともないですわ。梨の時季やったら、こんなもんでは済みません」

首藤がほほにしわを寄せてにっこりと笑ったそのとき、流が姿を見せた。

「首藤はんでっか」

食堂に入るなり、鴨川流が問いかけた。

「はい。鳥取からまいりました首藤順三です。あなたがほんものの探偵先生ですか」

首藤は流を上目遣いに見た。

「ほんもんかどうかは分かりまへんけど、いちおう探偵をやっとります鴨川流です。

首藤はんのことは、池口はんから聞いてます。お腹《なか》の具合はどないでっか？」

藍地《あいじ》の作務衣《さむえ》を着た流は、和帽子を取って首藤に顔を向けた。

「ありがとうございます。探偵先生は料理名人でもいらっしゃると、池口さんから聞いてますので、冥土《めいど》の土産にいただきたいと思って、腹を空《す》かせてきました」

首藤は腹を押さえた。

「池口はんはたいそうに言い過ぎてはるんです。あんまり期待せんといてくださいや」

流は苦笑いを浮かべた。

「こんなもんで失礼やけど、よかったらみなさんで食べてください」

首藤はリュックのジッパーを開けて、大きなビニール袋をいくつも取りだした。

「旨そうなんがようけ入っとる。重かったでっしゃろ」

首藤が袋の結び目を解くと、流が上から覗きこんだ。

「あいにく梨の時季は終わったもんで、わたしが作ったもんは柿と柚子《ゆず》しかなくて申しわけない。友だちの猟師が獲《と》った猪《いのしし》やら鹿の干し肉も入れといたんで、酒のアテにでもしてください」

首藤はほとんど空になったリュックを床に置いた。

「気ぃ遣《つこ》うてもろてすんません。遠慮のうちょうだいして、みんなで分けさせてもらいます」

こいしは拾い上げたリュックをまた椅子に置いた。

「ほな行きまひょか」

「どこへ行くんです？」

首藤が怪訝《けげん》そうな顔を流に向けた。

「探偵事務所ってなたいそうなもんやおへんけど、別棟になっとりますんで、そっちでまず飯を食うてもろて、それから食捜しのお話を聞かせてもらう、っちゅう段取りになってますねん」

「そういうことですか。わたしはてっきり、この食堂で飯を食わせてもらうんかと思っとりましたんで」

納得したように首藤はリュックを手にした。

「こちらです、すぐ裏でっさかい」

食堂を出て流が先導すると、首藤はそのあとに続いた。

「今日はどうやってお越しになったんです？」

流が訊いた。

「〈スーパーはくと〉に乗ってきました。JR京都駅からは池口さんに教えてもろうたとおり、9号系統の京都市バスでここまで。やっぱり都会は便利でええですな。うちみたいな田舎《いなか》やとバスは一日に五本しかないけど、こっちは十分置きに走っとる。しかも降りたバス停の真ん前が食堂やていうさかい、驚くばっかりですわ。うちなんかバス停まで歩いたら三十分できかん」

「その代わり自然もちゃんと残ってますやろ。都会は便利と引き換えに自然を失《うしの》うてゆきますねん。ここらはまだましなほうでっけど、ここへ引っ越す前の辺りは、ホテルだらけになってしまいました」

玄関前で立ちどまった流が振り向いた。

「どっちもどっちやな」

顔を見合わせて首藤が笑った。

「どうぞお入りください」

「こりゃあ立派なおうちですな」

玄関先で首藤が家を見上げた。

「古い家を借りとるんです」

「庄屋さんのうちみたいや。失礼します」

首藤が敷居をまたいだ。

「すぐに用意しまっさかい、ちょっとだけ時間くださいや、首藤はんはお酒のほうはどないです？」

「飲みすぎやていつも家内に叱られとります」

「どこも似たようなもんですな。燗《かん》付けまひょか？」

「いや、冷やがええな」

「承知しました」

流が台所に立った。

首藤はテーブルの手触りをたしかめながら、部屋のなかをぐるりと見まわした。

家の造りもどっしりとしているが、家具や調度も田舎家に似合いそうな民藝調《みんげい》のものだ。こんな空気に囲まれて育った子ども時代を、首藤は懐かしく思いだしている。

「二合ほど入っとると思います。ゆっくりやって待っとってください」

流が大ぶりの焼締の徳利と、藍地の蕎麦猪口《そばちょこ》を首藤の前に置いた。

首藤は蕎麦猪口に八分目ほど酒を注《つ》ぎ、そろりと口をつけた。

祖父は地方の片田舎には不釣り合いだと言われるようなインテリで、民藝運動にも参画していたせいか、家具や器に至るまで選《え》りすぐったものを使っていた。

都会人との交流を深めていたこともあり、自ら育てた果物を東京や京都などの高級料理店に直接卸し、他の農家が羨むほどの利益を得ていた。

当時の農家は薄利多売が主流だったが、祖父はそれを嫌い、文字どおり手塩に掛けた果物を高級品に育て上げたのだった。

そのおかげで首藤家は裕福な暮らしを享受していたが、それをすべて壊してしまったのは順三の父だった。

祖父への反発心があったからかもしれないが、父は粗野な浪費家だった。祖父が築いた財産を食いつぶしただけでは飽き足らず、怪しい投資話に手を出し、多額の借金を作ってあの世へ逝ってしまった。

自分が作った借金なら仕方ないが、背負わされた負債をこつこつと返す人生に、虚《むな》しさと怒りを覚えつつも、順三は果物と誠実に向き合うことだけを心がけてきた。

「お待たせしましたな。正月はとうに過ぎましたけど、ちょっとおせちふうに、小さい重箱に盛ってみました」

料理を携えて台所から出てきた流の声に、首藤は我に返った。

「こいつはまた、わたしにはもったいないような料理だ」

「簡単に料理の説明をさせてもらいます。お重の左上は牡蠣《かき》のしぐれ煮、実山椒《みざんしょう》と和《あ》えてます。その横は伊勢海老《いせえび》のから揚げ、右端は鯛《たい》の薄造り、細ネギを巻いてぽん酢を掛けてあります。その下の小鉢に入ってるのは豚の白味噌《しろみそ》煮、刻み柚子を載せてます。真ん中は蒸しアワビの中華風です。その左は海老芋《えびいも》と牛すじの炊き合わせ。辛子《からし》を付けて召しあがってください。その下はモロコの素焼き、二杯酢を掛けて食べてください。その右は車海老のフライ。ソースのジュレを載せてまっさかい、そのままどうぞ。下の段の右端は鴨ロース。橙《だいだい》のジャムと和えてますんで、横に添えてある餅で包んで食べてください。どうぞごゆっくり」

料理の説明を終えて、流は徳利を持ち上げて残量をはかった。

「池口さんから聞いてはおったが、こんな立派な料理を作られるとは」

重箱を見まわしながら、首藤は感心したように首を左右に振った。

「お酒が足らんようになったら言うてください」

ほほ笑んでから、流が台所に戻っていった。

首藤は座りなおして両手を合わせた。

「ひとりでこんなごちそうを食うて申しわけない」

首藤は箸を取ってひとりごちた。

祖父が活躍していたころの正月と言えば、五段重のおせち料理が、広間にいくつも並んだ。家族や親族だけでなく、近所のひとたちも集まり、三が日は盛大な祝宴が繰り広げられた。

子ども心にもその光景は誇らしいものだった。みんなから順三ぼっちゃんと呼ばれ、もらったお年玉を束にして、机の引き出しにしまい込む瞬間、思わず笑みがこぼれたのも、懐かしい思い出だ。

首藤が最初に箸を付けたのは鯛の薄造りだった。

魚の王様はなんといっても鯛だ。祖父はいつもそう言っていたが、まさしくそうだと実感したのは、ほんの二、三年前のことだ。それまでは鯛はおろか、新鮮な刺身を口にすることなどほとんどなかった。

歯を食いしばって負債を返済する暮らしに、刺身をはじめとするごちそうは敵のようなものだった。

父親の不始末だから自分は仕方がないが、妻は巻き添えを食ったようなものだ。ふつうなら婚約を破棄し実家へ帰ってしまうだろうに、文句ひとつ言わず、ともに苦労を重ねてくれた妻にはどれほど感謝してもし切れない。

箸を置いて首藤はしっかりと手を合わせた。

酒でのどを潤してから、首藤は伊勢海老のから揚げを口に入れた。これまた贅沢《ぜいたく》の極みだ。嚙みしめると海老の旨みが口中にあふれる。

「世のなかにはこんな旨いもんがあるんや。もうちょっと早ぅ《はよ》出会いたかったたなぁ」

語りかけるように言って、首藤は浅いため息をついた。

質素な食生活を続けてきて、唯一と言ってもいいほどの利点は歯が丈夫になったことだ。一本も歯を失うことなく、歯医者も驚くほどの歯並びの良さは、妻もおなじだ。

アワビの中華風も、なんなく嚙みきれ、その旨みを存分に味わえる。
そして炊き合わせの牛すじは思いのほかやわらかだ。よほどていねいに料理してい
るのだろう。
一流の上に超が付く料理人、と池口が言っていたのは誇張でもなんでもなかった。
あらかたの料理を食べ終え、二合徳利をほとんど空にして、首藤は箸を揃《そろ》えて置いた。
「どないです？　お口に合《お》うてますかいな」
流が台所から出てきた。
「口に合うどころか、口が腫れそうですわ。新年早々こんなごちそうを食べられてし
あわせです」
「このあとは釜飯を用意しとるんですが、お出ししてよろしいか。それとももうちょ
っと飲まはりますか？」
「これ以上飲むと家内に叱られますから、これぐらいにしときます。ご飯をお願いし
ます」
「分かりました。もう三分ほどで炊きあがりまっさかい、ちょこっと蒸らしてからお
出ししますわ」
流が台所に戻っていった。

質はもちろん、量もこれほど満足する食事は初めてかもしれない。多種多様な料理を食べているが、それぞれが絶妙なボリュームなので、満腹感より満足感が上回る。ふだんならこれだけの料理を食べれば、〆《しめ》などとても入らないところだが、今はそれを待ち望んでいる。なんだか魔法に掛かったような気分だ。

「お待たせしました」

敷板に載せた小さな羽釜《はがま》を、流がテーブルに置くと、芳《かぐわ》しい磯《いそ》の香りが漂ってきた。

「むかしはうちもこんな羽釜で米を炊いてました。この五倍、いや十倍くらいの大きさだったかな。竈《かまど》で薪《まき》をくべて」

「羽釜で炊いた飯は旨いですなぁ。今日は蟹飯《かにめし》を炊いてみました。たんと召しあがってください」

流が蓋をはずすと白い湯気がもうもうと上がった。

「蟹とはなんと贅沢な」

首藤が釜のなかに目を遣ったが、白米しか見えず、蟹らしき姿はまるで見当たらない。怪訝そうな顔つきをしている首藤に、種明かしをするかのように、流はしゃもじで蟹飯をかきまぜた。

「なるほど、そういう仕掛けでしたか。さすがは京都。いきなり蟹を見せないところが奥ゆかしいですな」

納得したように首藤がうなずいた。

「今の料理屋はんは土鍋ご飯を見せびらかしの道具にしてはるんですわ。どや！　っちゅうのは品がおへんやろ。蟹の身は白板昆布《しらいた》で包んで底のほうに沈めときますねん。こうすると飯に蟹の味がよう染み込んで旨いんです」

羽釜から伊賀焼《いが》の飯茶碗《めしぢゃわん》にこんもりと蟹飯をよそって、流が首藤の前に置いた。

「いただきます」

両手を合わせた首藤は、箸で蟹飯を掬《すく》った。

「吸いもんとお茶をお持ちします」

背中を向けて、流が台所に急いだ。

別格の旨さに首藤は思わず姿勢を正した。

松葉《まつば》蟹で名高い鳥取は、蟹となじみ深い土地で、知り合いの漁師と物々交換で果物が蟹に化けることもある。たまにその味に触れることもあるが、それと比べるのもはばかられるほどに旨い蟹飯だ。

「蟹で取った出汁《だし》の吸いもんです。これを蟹飯に掛けてもろて、茶漬けみたいにして食べてもろても旨い思います。そのときは蟹味噌をちょこっと混ぜてみてください」

流は片口形《かたくち》の塗椀《ぬりわん》と小皿を置き、その横に益子《ましこ》焼の土瓶と絵唐津《えからつ》の湯呑《ゆのみ》を添えた。

少しばかり暮らしに余裕ができ、旨いものを食べられるようになって、首藤が真っ先に足を運んだのは鰻屋《うなぎ》だった。いつか必ず食べたいと熱望していたひつまぶしには、残念ながら大きく期待を裏切られた。せっかくの鰻の味が出汁を掛けることで薄められ、旨みが半減したように感じたのだった。

飯茶碗に半分ほど残った蟹飯に、おそるおそる出汁を掛けて、首藤はゆっくりと口に運んだ。

「こいつは旨い」

ひとりごちて、首藤は大きく目を見開いた。

鰻のときとはまるで違って、蟹の旨みが二倍になった。蟹味噌を少し混ぜるとその旨みは三倍になったように思えた。

多額の負債を背負ってきたせいか、ひとの言うことは話半分に聞くクセがついていて、池口から聞かされた流が作る料理の話も、半分ほど割り引いて聞いていた。

それだけに食べ終えた今の驚きは大きい。万が一捜している食が見つからなくてもいい。そんな気さえしてきたが、それでは妻に申しわけない。首藤は慌ててかぶりを振った。

「どないでした？」

傍らに立った流は土瓶を持って湯呑にほうじ茶を注いだ。

「言葉になりません。わたしひとりがこんな旨いもんを食って、天罰が下るんやないかと」

首藤が湯呑を手に取った。

「そないたいそうなもんやおへんけど、気に入ってもろたんならうれしおす。ぼちぼちお話を聞かせてもらいまひょか」

流が器を下げはじめた。

「肝心の用件を忘れてしまいそうになるほど、旨い飯をいただきました」

「よろしおした。向かいに座らせてもろてよろしいかいな」

「どうぞどうぞ」

首藤が腰を浮かせて手招きした。

「ほな失礼して」

テーブルをはさんで向かい合う椅子に座った流は、バインダーを差しだした。

「探偵依頼書。これに記入すればいいんですな」

バインダーを手にした首藤が目を細めた。

「簡単でけっこうなんでお願いします」

流は自分用の湯呑に茶を注いだ。

「こういう書類を書くのは苦手なんですよ」

借り換え手続きや、債務確認書など、いったい何通の書類を書いてきたか。過ぎた日を振り返りながら首藤はため息をひとつついて、バインダーを流に返した。

「七十八にしてはお若ぅ見えますな。ふたつ下の奥さんとふたり暮らし。お子さんたちはもう独立してはるんですな」

流が書類に目を通している。

「息子は跡を継いでくれたというか、果樹園を会社組織にして頑張ってますし、娘は農家レストランをやってます。苦労して育ててよかったと思っています」

「で、首藤はんはどんな食を捜してはるんです？」

流が本題に入った。

「雑煮なんです」

「雑煮でっか。正月に食べる餅の入ったあれですな」

「そうなんですが、正月に食ったんじゃないんです」

「どこで食べはった、どんな雑煮か、詳しいに聞かせてもらえまっか」

流は作務衣のポケットから手帳を取りだした。

「場所は三陸宮古《さんりくみやこ》の海辺に近い民宿でした。二十八のときでしたから、今から五十年前にみどりと結婚して初めて旅行に行ったんです」

「新婚旅行ですな」

「新婚旅行と言えるような晴れやかな旅ではなく、その真似事《まねごと》とさえ呼べない貧乏旅行でしたが」

「ご苦労なさってたんでっか？」

「オヤジが作った借金まみれで、食うや食わずの暮らしでした」

「差しさわりがなかったら、そのあたりも話してもらえますやろか」

「身内の恥をさらすようで、みっともない話ですが、わたしの祖父がはじめた果物農家を、オヤジがぜんぶ食いつぶしてしまいましてね。それだけでは足らず、土地を担保にして多額の借金をこさえてしまったんです。保証人のハンコを押していたわたしに借金を背負わせて、オヤジはあっけなくあの世に逝ってしまいました。地獄の苦しみっていうのは、こういうことなんだと思って、なにひとつ希望のないときに、みどりが嫁に来てくれましてね」

暗い顔をしていた首藤は、一気に表情を明るくした。

「それはありがたいですな。苦労を分かち合うたら半分になりますがな」

「苦労を承知で嫁いできてくれたみどりには感謝しかありません。今思いだしてもあのときのことは……」

首藤が涙ぐんだ。

「その感謝の気持ちを旅行という形で表さはったんですな」

「そうです。と言っても申しわけないような貧乏旅でしたが」

「旅先に宮古を選ばはったんは、なんぞ理由が？」

流が訊いた。

「お金はないけど農閑期には時間がたっぷりあるので、遠くまで行きたかったんです。各駅停車の電車を乗り継いで、たどり着いたら宮古だった、という感じやったと思います。正直言うとあんまり詳しいは覚えてないんです。ふつうなら結婚した直後やから、希望に燃えとるはずがお先真っ暗。わたしの心の片隅には自殺という言葉がありました。みどりなら心中を選んでくれるかもしれん。そんなことを考えながら、盛岡から宮古へ向かう列車に乗っとったことを覚えています」

首藤は遠い目を裏庭に向けた。

「そこまで思いつめてはったんですか。ご苦労なさったんですなぁ」

「旅行しとるあいだは借金取りも来ませんから、少しは気分も楽やった。このまま楽な気分が続いたらええなあと思うと、それがあの世に繫《つな》がったんですわ。みどりもなんとのうそんな気配を感じとっていたと思います。つとめて明るぅ振るもうとるのが健気《けなげ》で、申しわけない気持ちしかありませんでした。そんなことを思うとるうちに宮古に着いて、駅の案内所で民宿を紹介してもろうたんです」

「宮古のどの辺りでした？」

流は東北地方の地図をテーブルに広げた。

「駅から港のほうに向かって、川べりの、そう、この辺りでした。空地が目立つなかにぽつんと建っとって、駅前旅館のような感じでしたが、わりと大きな風呂もあったり、ちょっとした庭もあって、なかなか風情のある宿でした。その日の泊まりはわたしらだけやったんで、一番広い部屋、て言うても八畳ほどやったが、ちゃんと床の間も付いた立派な部屋に泊めてもらいました」

「素朴なええ宿でしたんやろな。目に浮かびますわ。そこの晩飯に雑煮が出たんですな」

「いや、夜は刺身やら煮付けやら魚がようけ出て、えらいごちそうでした」

「あの辺は新鮮な魚介で有名でっさかいな」

「アワビやらマグロやら、そらもう豪勢な料理でした。安い宿賃やったさかい晩飯はぜんぜん期待しとらんかったんで、こりゃあやっぱり冥土の土産にせい、っちゅうことやなと、半分冗談、半分本気でみどりと話しとりました。晩飯が終わるころに、宿のご主人が出てきて、鳥取からなにを目的に宮古まで来た、と訊かれましてな。新婚旅行の真似事やと答えました。いくら真似事やていうても、宿も決めんと新婚旅行に来るんか、と驚かれましてな。酒も入っとったんで、親の借金を背負うて苦労しとるて余計な話をしてしもうて、あとからみどりに叱られました」

「たしかに酒が入るとつい、言わんでもええことまで言うてしまいますな。わしも掬子によう言われました」

流が書棚の写真に目を遣った。

「奥さんは掬子さんっちゅうんですか。ひょっとして……」

「あっちに行ってしまいよりました」

微笑しながら流が天井を指した。

「まだお若いのに」

首藤が掬子の写真に向かって手を合わせた。

「わしらも新婚旅行てな、洒落《しゃれ》たことはできまへんでした。その埋め合わせにと思うて、夫婦で何度か旅行は行きましたけどな」

「そうでしたか。うちはようやくこの歳になって余裕らしきものができてきましたので、これから連れていってやろうと思っています」

「その雑煮を食べさせたげようと思うてはるんですか」

「そう。肝心の話がまだでしたな。雑煮は翌朝に出てきたんです。ご主人が結婚祝いやと言って雑煮を出してくれました。正月やなかったんで、わざわざわたしたちのために餅を搗《つ》いてくれたと聞いて、みどりとふたりで感激しました」

「祝い餅でっか。よろしいなぁ。どんな雑煮でした？」

流が手帳を広げて鉛筆を握った。

「うろ覚えなんですが、人参《にんじん》や大根、牛蒡《ごぼう》と鮭《さけ》やイクラが入っていたと思います。醤《しょう》油《ゆ》味の汁で、餅はたぶん焼いてあったと記憶してます」

「具だくさんの雑煮でしたんやな。ほかになんぞ特徴はありまへんでしたか？」

「それなんです。そこだけははっきり覚えてるんですが、味噌ダレらしきものが付いてましてね、それを付けて食べろとご主人に奨《すす》めてもらって、ふしぎな雑煮でしたが、とっても旨かったんです」

「味噌ダレ、ですか。なるほど。そうすると二度愉《たの》しめますわな」

「さっきの蟹飯と一緒ですわ。そのままでも旨いが、蟹の吸物を掛けて食べると、また別の味を愉しめる。あれはすごい料理ですな」

「おんなじ味が続くと飽きまっさかいな。贅沢な話ですけど」

「食うや食わずの暮らしのなかでは、とんでもなく贅沢な雑煮でした」

「雑煮っちゅうのは正月やのうてもええもんですな。気分があらたまる、っちゅうか、やる気が出ますわ」

「おっしゃるとおりです。その雑煮を食うて、落ち込んどる場合やないな、しっかり生きていかんと、とみどりと話しとりました。米櫃《こめびつ》の底が見えるような日も何度かありましたが、たまにみどりが作ってくれる雑煮で、なんとか生き延びられたと思うとります」

「ええお話ですな。その雑煮を今になって捜そうと思わはったんはなんでです？」

流が鋭いまなざしで問いかけた。

「あの雑煮に礼を言いたいんですよ。あの雑煮がなかったら、わたしはみどりと一緒にこの世とおさらばしとったかもしれん。ほんまを言うと、あの民宿のご主人を捜してもろて、礼を言いたいんやが、池口さんが、こちらの探偵さんはひと捜しはなさらん、と言ってはったからな。もっとも五十年前にそこそこのお歳やったから、もう居《お》られんやろけど」

「分かりました。せいだい気張って捜しますわ。っちゅうても、最近はもっぱら娘のこいしに食捜しはまかしとるんでっけど」

「そうでしたか。食堂の主人と探偵さんの二足のわらじやとたいへんですやろ」

「言うても所帯は一緒でっさかい。わしも食堂を手伝《てつど》うとりますし。食堂と探偵のごった煮ですわ」

流は声をあげて笑った。

「別に急いどるわけやないですが、いつごろまでに捜してもらえるもんですやろ」

「だいたい二週間ぐらいみてもろたら大丈夫です。見つかり次第連絡させてもらいますんで、もういっぺん来てもらわんならんのですが」

「それでけっこうなんですが、ひとつお願いがあるんで、きいてもらえますか？」

「なんですやろ」

「この次に伺うときは、みどりも一緒にお願いしたいのですが」

首藤が上目遣いに流の顔を覗きこんだ。

「どうぞどうぞ。なんの問題もおへん。奥さんもご一緒にお越しください」

「ありがとうございます。あのときの感動をもう一度一緒に味わいたいので」

「見つからなんだらえらいこってすな。責任重大やでて、こいしに言うときます」

「よろしくお願いいたします」

首藤は腰を浮かせて頭を下げた。


家を出て、先を歩く流がバス停まで首藤を案内し、時刻表に目を近づけた。

「五分後に9号系統が来ますわ。便利でっしゃろ」

「ありがたいですな。そうそう、お嬢さんに挨拶をせねば」

首藤が食堂の引き戸を開けた。

「首藤です。このたびはお世話になります。ご無理を言いますが、どうぞよろしくお願いします」

「ごていねいに。お土産もありがとうございます。お役に立てるよう気張らせてもらいます」

店を出てきてこいしが胸を張った。

「今度は奥さんも一緒にお越しになるそうや。責任重大やで、こいし」

流がこいしの背中をはたいた。

「そないきつう叩かんでもええやん。ちゃんと捜します」

こいしはむくれ顔を流に向けた。

「よろしく頼みます」

首藤は苦笑いして市バスに乗りこんだ。

見送ってふたりが店に戻ると、浩が迎えた。

「こいしちゃん、ご苦労さん。今日は後半忙しかったなぁ」

「これぐらいお客さんが来てくれはると、仕事した気になるな」

「ええこっちゃ。やっとこの場所に馴染《なじ》んできた証拠や。これからもせいだい気張ってや」

流が背中をはたこうとすると、こいしは屈《かが》みこんでするりとすり抜けた。

「それで、なにを捜してはるん？」

こいしが訊いた。

「雑煮や」

流が短く答えた。

「どこの？」

「三陸の宮古」

「寒いやろなぁ。近くに温泉あるかな」

こいしが身震いしてみせた。

「たぶんあるやろ」

「よっしゃ、行ってくるわ。まかしといて」

こいしが笑顔で胸を張った。

「現金なやっちゃ」

流が半笑いした。

「こいしちゃん、ひとりで大丈夫か？　ついて行ったげよか」

手ぬぐいで手を拭きながら、浩が厨房から出てきた。

「浩さんには、こいしの留守のあいだ店を守ってもらわんと。わしも手伝うさかい」

流が釘《くぎ》を刺した。

「ほな、よろしゅう頼みます」

こいしが浩に笑顔を向けた。

2

9号系統のバスを降りた首藤は、紺のコートの襟を立てて、マフラーを固く巻きなおした。

京都は節分のころが一番寒いと、池口が言っていたのを思いだした。雪が積もっていた鳥取よりも一段と寒さを厳しく感じる。

「ほんとうに京都は寒いんやね」

首藤みどりは黒い道行《みちゆき》コートの上から、薄紫のショールを羽織った。

「あそこが『鴨川食堂』や」

首藤は道の向かいを指した。

ガラス戸が曇っているせいで『鴨川食堂』のなかの様子はよく見えない。

「食堂と探偵さんが一緒やなんて、冗談かと思うてましたがほんとうなんやね」

みどりが食堂に目を向けた。

「こんにちは。首藤です。お世話になります」

ガラガラと音を立てて、首藤が引き戸を開けた。

「おこしやす、ようこそ」

こいしが厨房から出てきた。

「今日はお休みですか」

客の居ない店のなかを首藤が見まわした。

「まだ大学も冬休みやし、こない寒かったらお客さんもないやろし、今日はお休みにしてますねん」

「首藤みどりです。このたびはお世話になります。袋に入れたまま失礼しますが、お口に合いますかどうか」

みどりが手提げの紙袋を差しだした。

「鴨川こいしです。えらい気ぃ遣うてもろてすみません。どうぞお掛けください」

受け取って、こいしがテーブル席の椅子を引いた。

「遠いとこをようこそ」

茶色の作務衣を着た流が奥から出てきて和帽子を取った。

「おたくが探偵先生ですか。みどりです。今日はわたしまで、あつかましいお邪魔してすんませんなぁ」

「なにをおっしゃる、大歓迎でっせ。捜してはった雑煮をこいしが見つけてきよったんで、ゆっくり味おうていってください」

「ありがとうございます」

みどりは腰を深く折った。

「お土産の〈あごちくわ〉、おおきにありがとうございます。お父ちゃんの好物ですねん」

こいしが紙袋の中身を流に見せた。

「これはこれは、めずらしいもんをありがとうございます。これで一杯やるのが一番の愉しみですねん」

流が相好をくずした。

「順三さんとおんなじようなこと言いよる」

みどりがくすりと笑うと、首藤はわざとらしく咳《せき》ばらいをし、椅子に腰をおろした。

「すぐに用意しまっさかい、ちょっと待っててくださいや」

流が厨房に入ると、こいしはそのあとを追った。

「ふつうの食堂なんやね。京都の食堂はもっと高級なんかと思うてた」

首藤の隣に座って、みどりが店のなかを見まわした。

「失礼なことを言うたらいかん。店の造りと料理は別や」

「けど、この前順三さんが食べたていう料理の話とつり合わんがな」

「あれはここで食べたんやない、て話したやろ。この裏にある立派な屋敷でいただいたんや」

「そうやった。食堂やない家でごちそうが出てきたんやったな。なんや頭のなかが混乱しとる」

「それはそうと、お前ちゃんと味まで覚えとるか。わたしはあんまり自信ない。おめでとうと言って、ご主人が雑煮を出してくださったことだけで感激してしもうて、涙が汁に入って塩《しょ》っぱかった」

当時を思いだしたのか、首藤は目を潤ませている。

「わたしも似たようなもんやな。あれと違うお雑煮が出てきよっても、分からんような気がする」

「まぁ、それでもええがな。気持ちやさけぇ」

首藤はみどりに笑みを向けた。

厨房から香ばしい香りが客席に流れてきた。

「餅を焼いてはるんかな」

みどりが厨房に向けて首を伸ばした。

「あんときの雑煮はどうやったかかな。餅を焼いとったかどうか」

首藤が左右に首をひねった。

「焼いてあった。間違いないと思う。それに、具にイクラが入ってたんに驚いた」

「うん。それはわたしも覚えとる。雑煮にイクラやなんて贅沢の極みやと思うたな」

「お茶が遅うなってすんません」

こいしがテーブルに土瓶と湯呑を置いた。

「ありがとうございます」

みどりが頭を下げると、こいしは信楽《しがらき》焼の土瓶からほうじ茶をふたつの湯呑に注ぎわけた。

「今お父ちゃんが最後の仕上げしてはりますし、もうちょっとだけ待ってくださいね」

「ちっとも急がんから、気にせんとってください」

首藤がほうじ茶をすすった。

厨房からは調理の音だけが聞こえ、会話はいっさい聞こえてこない。

「ふしぎな店やのう。食堂やのに食堂とは思えん。この前の探偵さんの家でもそう思うた。探偵事務所やのに、庄屋さんのお屋敷のようやった。池口さんの話やと流さんは、むかしは腕利きの刑事さんやったらしいけど、そんなふうに見えんやろ」

「順三さんから聞いとった以上におだやかなひとやのう。刑事ていうたらもっと鋭い目をしてるやろ」

「現役の刑事時代はそうやったんやろな」

ふたりが小声で言葉を交わしていると、流が銀盆に蓋つき椀をふたつ載せて、厨房から出てきた。

「お待たせしましたな。捜してはる雑煮はこれやないかと思いますけど、違《ちご》うてたらすんまへん。先に謝っときます」

「ありがとうございます」

首藤とみどりが声を揃えた。

「当たっとったらええんですが」

流はふたりの前に椀を置いた。

「宮古まで行っていただいたんでしょうか」

首藤は椀をじっと見つめている。

「話はあとにして、まずはゆっくり召しあがってくださいい。お茶が足らなんだら声を掛けてください」

銀盆を小脇にはさんで、流は厨房に戻っていった。

「いよいよやな。せーの、で一緒に蓋はずそうか」

首藤が椀の蓋に手を掛けると、みどりは息を呑んでからうなずいた。

蓋をはずすと白い湯気が上がり、出汁の香りがテーブルの上に漂った。

「ええ匂いや」

首藤がうっとりと目を閉じた。

「そうそう、こんなお雑煮やった」

はずした蓋を持ったまま、みどりは椀のなかを見まわした。

「旨い」

鮭の切身を餅で包み、そっと口に入れた首藤は大きな声を上げた。

みどりはイクラだけを口に入れ、ゆっくりと噛みしめている。

汁をすすり、具を食べて、ふたりは何度もうなずいた。

「タレをお持ちしました。餅もこれに付けて食うと、また味が変わってよろしいな。ようけ作ってあるんで、お代わりしてくださいや。お代わりの餅も今焼いてます」

流がふたりの椀の横に小鉢を置いた。

「これや、これや。タレを付けて食う雑煮てなもんは、後にも先にもあのときだけやった。こんな匂いがした」

首藤は小鉢に鼻を近づけた。

「ほんとですね」

みどりもおなじ仕種《しぐさ》をした。

焦げ目の付いた餅をタレに付け、ふたりはそれを口に運んだ。

二度、三度とふたりの顎が上下に動く。

餅を呑み込んだ首藤は天井を仰ぎ、目尻からあふれ出した涙を指で拭った。

みどりは宙を見つめたまま、じっくりと餅を味わっている。

首藤は箸を置き、土瓶の茶をふたつの湯呑に注いだ。

箸を置いたみどりは居住まいをただし、身体《からだ》を首藤に向けた。

「長いあいだおつかれさまでした。ほんとうにご苦労でしたね」

中腰になってみどりは頭を下げた。

「なにを言うとる。わたしよりみどりのほうが苦労が多かったやろ。文句のひとつも言いたかったやろに、よう辛抱してついてきてくれた。改めて礼を言わせてくれ」

立ちあがった首藤が、みどりの手を両手で包み込むと、その甲にひとしずくの涙が落ちた。

「このお雑煮には感謝し切れませんね。お先真っ暗だと思うていたのに、わたしたちの前途を祝ってくださるかたがおられる。その気持ちに感謝して頑張らんと罰が当たる。順三さんの言葉を聞いて、なにがあっても一生このひとに付いていこう、そう思うたことを思いだしましたよ」

みどりは順三の手をかたく握りかえした。

「ありがとう……」

順三は言葉を続けようとして、嗚咽《おえつ》に押しとどめられ、肩を震わせている。

「ほんまにおふたりとも、長いあいだおつかれさんでしたな」

厨房から出てきて、流がふたりの傍らに立った。

「このお雑煮で合うてましたか？」

流の横に並んでこいしが訊いた。

「はい。間違いない思います。よう捜してもらいました」

「ありがとうございます」

首藤とみどりが揃って一礼した。

「よろしおした。こいし、よかったな」

流がこいしに笑顔を向けた。

「どうやって捜してこられたのか、お話を聞かせてもらえますやろか」

首藤の言葉にみどりも大きくうなずいた。

「お向かいに座らせてもろてよろしいか？」

「どうぞどうぞお座りください」

首藤が手招きすると、こいしはタブレットを手にし、首藤夫妻と向かい合って座った。

「わしはし残した仕事がありますので、あとの話はこいしから聞いてください」

流は厨房に戻っていった。

「とりあえず宮古へ行ってきました。震災ですっかり様変わりしたて、向こうのひとが言うてはったとおり、宮古の駅前も新しいビルばっかりでした」

こいしがタブレットの画面をふたりに向けた。

「よう覚えとらんけど、駅もこんな感じやなかったのは間違いないな」

首藤がそう言うと、みどりは小さくうなずいた。

「観光案内所で訊いてみたんですけど、さすがに五十年前のことをご存じの方はおられませんでした」

「そらそうやろね。半世紀も前のことになるんやさかい」

タブレットから目をはなすことなく、みどりが顔を曇らせた。

「話してはった、川の傍《そば》まで歩いてみたんですけど、民宿みたいなもんはまったく見当たりません。どうしたらええやろ、と思うてたら鳥居が目に入ったんです。『横山《よこやま》八幡宮《はちまんぐう》』ていう古い神社でした。ここの宮司さんやったら五十年前のことも覚えてはるかもしれん。そう思うてお参りしてから訊いてみたんです」

こいしはディスプレイに『横山八幡宮』を映しだした。

「覚えとらんなぁ。もしここを通っとったら素通りはせんとお参りしたと思うんやけど」

首藤が首をかしげた。

「わたしもや」

みどりがうなずいた。

「震災やなんかで道が変わったかもしれんし、違う道を通って民宿へ行かはったんかもしれませんね。この神社は五十年前もあったみたいです。ちょうど宮司さんがやはったんで、民宿のこと訊いてみたんです。そしたら思いあたる民宿がある言うて古い写真を見せてくれはって。写真をスマホで撮ったんで、ちょっと見にくいけど、こんなかまえと違いましたか？」

　こいしがタブレットを操作すると、ふたりは覆いかぶさるように顔を近づけた。

「思いだした。こんなかまえやった。な？　間違いないな？」

　首藤は大きな声でみどりに同意を求めた。

「ここやった思います」

　みどりは二階建ての民宿の写真に目を細めた。

「一番奥の庭に面した部屋やった。見えはせんかったけど、海が近いいうことで磯の香りがしよった」

　首藤は目を輝かせている。

「場所を聞いて行ってみたんですけど、今は空地になってました」

　こいしはタブレットの画面を替えた。

「あのご主人はどうなさったやろね」

　みどりが首藤に顔を向けた。

「民宿はだいぶ前に廃業したみたいやけど、民宿のご主人とは付き合いがなかったんで、そのあとのことはよく分からん、と宮司さんが言うてはりました」

「そうやったんですか。けど、それでようこの雑煮が見つかりましたな」

首藤がこいしに問いかけた。

「お父ちゃんがいっつも言うてはるんです。あきらめたらあかん。縁があったら必ずたどり着けるて。今回もそのとおりでした」

「と言いますと？」

首藤が身を乗りだした。

「民宿の名前、覚えてはります？」

こいしが訊いた。

「あいにく覚えておらんのです。それを覚えておったら、早ぅに捜しに行ったんやけど」

首藤が唇を噛んだ。

「この写真を拡大して、よう見てみたら、ここに看板らしいもんが写ってます。どんだけ拡大しても、はっきりとは読めへんのですけど、なんとのう〈民宿おのでら〉て書いてあるような気がしたんです」

こいしはディスプレイを指で操作して、画面を拡大した。

「漢字のほうは民宿て書いてあるように思いますけど、ひらがなのほうはよう見えません。違うようにも思いますけど、そうかなぁ、とも思うし」

目を凝らしたあと、みどりは指先で目をこすった。

「わたしにはさっぱり」

首藤がかぶりを振った。

「時間も遅ぅなったんで、その日は駅裏のビジネスホテルに泊まって、近所の居酒屋さんへ晩ご飯を食べに行きました。さすが港町だけあって、お魚は新鮮でおいしいうえに安い。東北のお酒もよう揃えてはったんで、たんと食べてしっかり飲みました。京都から来たて言うたら、女将《おかみ》さんもえらい喜んでくれはって、いろいろ話が弾みました。民宿のことを訊いてみたんですけど、お店を開かはったんが震災のあとやていうことで、五十年前のことは分からんていう話でした。ちょっと飲み足りんけど、しゃあないなぁと帰り支度をして、レジに行ったら他のお店のショップカードが何枚か置いてあったんです。そのなかの一枚がこれでした」

こいしが若草色のショップカードをふたりの前に置いた。

「小料理おのでら……、もしかして」

首藤がショップカードを手に、こいしに目を向けた。

「うちも、もしかして、と淡い期待を胸に行ってみたんです。居酒屋さんからは歩いて十分くらいやったかな。ちょっとした割烹《かっぽう》ふうのおしゃれな店で、うちより少し年上らしいご夫婦がやってはりました。いきなり話を切りだすのもなんやし、とりあえずお酒とおつまみを二品頼んで、様子を見ました。七席ほどのカウンターはうちひとりやったけど、お座敷のほうは何人か入ってはるようでした。京都から来たて言うと、観光ですか？　と訊かはったんで、これこれこんな雑煮を捜しに宮古まで来たと答えました。そしたらご夫婦がびっくりしたように顔を見合わせはったんです。雑煮は先代主人の得意料理やったて。もしかして、先代のご主人は民宿をやってはりましたかて訊いたら、そうやて、ご主人がうなずかはりました」

「ということは、その店の先代のご主人が、あのときの民宿のご主人だったんですね」

首藤が語気を強めた。

「はい。病気がちやったみたいで、民宿を廃業してから十年ほど千葉のほうで転地療養してはったんやそうです。元気出さんとあかんて思わはった息子さん、つまり今の店のご主人がお父さんのためにこの店を作らはったんやそうです」

こいしが〈小料理おのでら〉の開店当時の写真をディスプレイに映しだした。

「そうそう、思いだした。こんな感じのひとやったな？」

首藤が画像の真ん中でほほ笑んでいる人物を指さすと、みどりは大きくうなずいた。

「やっとここでお雑煮に繋がったんです」

こいしが笑みを浮かべた。

「よう繋げてもらいました。ありがたいことです」

首藤は両手を合わせて天井を仰いだ。

「これはあの民宿のご主人の創作料理なんですか？」

みどりが訊いた。

「いえ。宮古に古ぅから伝わる郷土料理やそうで、元日の朝に食べるお雑煮は〈くるみ雑煮〉と呼ばれているそうです。お醤油味のお雑煮は、そのまま食べてもええし、くるみを使ったタレを付けてもええていう、今で言う味変ができる料理です」

こいしが答えた。

「このタレは味噌やのうて、くるみやったんですか」

首藤が指に付けたタレをなめた。

「行儀悪いですよ、順三さん」

眉をひそめてみどりがたしなめた。

「失礼しました」

首藤が首をすくめた。

「擂《す》りおろしたくるみに、砂糖と塩で味付けしたタレで食べるお雑煮は、お正月以外にも結婚式のお祝いやとか、特別なおもてなしのときにだけ食べるもんやそうです」

こいしが言葉を足した。

「あのときに、特別なおもてなしをしてもろうたんやな」

首藤は感慨深げに椀の蓋を手に取った。

「残念ながら先代のご主人は亡くなってはりましたが、今のご主人にもしっかり〈くるみ雑煮〉は伝わってるていうことで、教えてもろたレシピどおりに、お父ちゃんが作らはったんがこのお雑煮なんです」

「そうでしたか。お嬢さんにも探偵先生にもご苦労をお掛けしましたな」

「ほんまにありがたいことです」

立ちあがった首藤とみどりは、揃って頭を下げた。

「よろしおしたな。わしらもホッとしました」

戻ってきた流が和帽子を脱いだ。

「生きているうちに借金を返し終えたんもありがたいけど、あのときの雑煮をもういっぺん食えたことには感謝しかありません」

「ちゃんと借金を返し終えはった順三さんに、神さんがご褒美をくれはったんやわ」

みどりは満面に笑みを浮かべた。

「うちもそう思います。なんぼ郷土料理やて言うても、作るひとは少のうなってきたみたいやし、家によってそれぞれ材料やら味付けも違うみたいやさかい、あそこであのショップカードが目に入らへんかったら、このお雑煮に出会えへんかった思います。きっと神さんがうちの目に付くとこに置かはったんですわ」

こいしがそう言うと、首藤は店の神棚に視線を向けた。

「神さんにも礼を言わんといかんな」

「長いこと苦労なさった分を、これから取り戻さんとあきまへんな」

「老い先短い身で欲張りはできませんが、みどりにはこれから、少しでもいい思いをさせてやりたいと思っております」

流の言葉に首藤は唇をかたく結んだ。

「ありがたいお言葉やけど、わたしはこのお雑煮をもう一度食べられただけで充分ですよ。それもわざわざ宮古まで捜しに行ってもろうて、探偵さんが再現して作ってくださったんやから、こんな贅沢な話はありません」

みどりがやわらかい笑顔を首藤に向けた。

「ほんまにそうやな。ありがたいことや。探偵料をたっぷり弾まにゃ。この前いただいた料理のお代と一緒に払います。おいくらになりますかいの」

首藤は分厚く膨らんだ長財布を手に取った。

「うちは特に代金を決めてませんねん。お気持ちに見合うた金額をこちらに振り込んでください」

こいしが小さな白い封筒を差しだした。

「気持ちに見合うた、て言うてもろても、わたしらのような田舎の人間にはさっぱり分からんで、はっきりと決めてくださいや」

首藤が苦笑いした。

「順三さん、そんな無粋なこと言うたらあきません。あとで相談しましょ」

「おそれいります」

流がふたりに頭を下げた。

「いつでも作って食べてもらえるように、レシピを書いときました」

こいしがクリアファイルをみどりに手わたした。

「ありがとうございます。とてもこんなじょうずには作れんやろけど」

受け取ってみどりが目を通した。

帰り支度を整えた首藤とみどりは、食堂の引き戸を開けて外に出た。

「今日はこれからどうなさいます？」

流が訊いた。

「せっかくここまで来たんやから、『上賀茂神社』と『下鴨神社』へお参りしてから帰ろうと思うとります」

首藤が答えた。

「ふたつとも世界遺産でっさかいぜひに。上賀茂はんから下鴨はんへは、賀茂川を歩いて行かはったらよろしい」

流が言葉を足した。

「そりゃああありがたい。いっぺんでええから、順三さんと京都の鴨川堤を歩いてみたい思うてたんです」

「あの橋をわたったらすぐに『上賀茂神社』です。お参りを済まさはったら、橋まで戻って、下流に向かって河原を歩いていってください。あの橋を入れて五つ目が出雲路橋《いずもじばし》です。その橋の上を東に向こうて歩いたら、『下鴨神社』に行けます。分かりにくかったら、その辺のひとに訊《たず》ねはったら教えてくれはります」

こいしが手描きの地図をみどりにわたした。

「なにからなにまでご親切に」

みどりは地図を捧《ささ》げもった。

「雑煮だけでは物足りまへんやろ。奥さんにはわしの料理食うてもろてへんさかい、お弁当作っときました。河原のベンチで賀茂川見ながら食べてもろてもよろしいし、生もんは入れてまへんので帰りの電車で食べてもろても大丈夫です」

流が手提げの紙袋を差しだすと、みどりは大きく目を見開いて、首藤に顔を向けた。

「なんとお礼を言うてええやら。ありがたくちょうだいします」

受け取って首藤が深く腰を折った。

「奥さんにしっかり食べてもろとぉくれやっしゃ」

流が念を押すと、首藤とみどりが顔を見合わせて笑った。

「どうぞお気をつけて」

こいしが声を掛けると、首藤とみどりはゆっくりと歩きだした。

五歩ほど歩みを進めたところへ、流が背中に声を掛けた。

「首藤はん」

「なんでしょう」

立ちどまって首藤が振り向いた。

「奥さん、だいじにしなはれや」

「はい」

首藤が大きな声で言葉を返すと、みどりが深々と頭を下げた。

姿が見えなくなるまで見送って、流とこいしは食堂に戻った。

「こいしもしっかり食捜しが板についてきたやないか」

「まぁな。今回はラッキーやったけど、なんとのうコツていうか、捜すポイントみたいなもんが分かってきた気がする」

まんざらでもないといった顔つきでこいしが言葉を返した。

「これからもその調子で頼むで」

流がこいしの背中を叩いた。

「ずっとはキツイなぁ。ときどきは交代してや」

「わしもときどきは手伝うがな。旅行も行きたいさかい」

流が仏壇の前に座った。

「そやな。たまにはふたりで行ってもええしな」

こいしが横に並んだ。

「それにしても食いもんの力は大きいなぁ。あの雑煮ひとつで五十年近いあいだ、夫婦ふたりが必死で働けるんやさかい」

「食べもんそのものの力ていうより、その料理を作って出してくれはったひとの思いが、大きい力になるんと違う？」

こいしが流の横顔を見た。

「そんなことは、ようよう分かってるがな。それはそうと、食捜しに行くときは浩さんも一緒にどや？」

流は話の向きを変え、ろうそくの火を線香に移した。

「あれ？　ひるねが鳴いてるんと違う？　お腹空かしてるんやろか」

こいしが中腰になって耳を澄ませた。

「またけむに巻きよる。はっきりせんやっちゃ。掬子はどない思う？」

写真を見上げてから、流が線香を立てると、こいしはくすりと笑い、手を合わせて目を閉じた。

第三話　蕎麦鍋

1

うららかな春の日差しとは不似合いな、厚手のベージュのコートをはおり、宮前《みやまえ》みすずは茶色いニット帽を目深にかぶっていた。

人目に付かないようにと思っているが、軽やかな出《い》で立ちのひとのなかでは却《かえ》って目立ってしまっているかもしれない。

黒い丸縁のサングラスを通して見る『上賀茂神社』の境内は春の陽気に満ちていて、みすずのささくれだった気持ちを、わずかながらも和らげてくれた。

指を差されることもなく、鋭い視線を向けられることもなく、小ぶりのキャリーバッグを持ち上げて一の鳥居をくぐった。

今さら神参りをして、なにを願おうというのか。無駄だと分かっていても、素通りはできない。信心深いというほどではないが、この世で起こることはすべて、神さまの思《おぼ》し召しだと思っている。

良いことも悪いことも、人間の力の及ぶものではなく、運命だと思わなければ、生きていくことなどできない。

白砂の参道を歩き、一礼をして二の鳥居をくぐるといくらか気持ちが楽になったような気がする。背負っている重い荷を、神さまが少しばかり担ってくれたに違いない。

手水舎《ちょうずや》で手と口を浄《きよ》めてから中門へ向かう。

列をなす、というほどではないが参拝客が石段に並んでいて、そのうしろに付いて並ぶ。

作法どおりに参拝を済ませ、いよいよ目的の場所へと向かう。『上賀茂神社』を訪れたのは、そのための露払いなどと言えば、神罰がくだるだろうか。

――食捜します　鴨川探偵事務所――

行きつけの食堂で、なにげなく読んでいた料理雑誌の一行広告に目が釘付《くぎづ》けになったのは、半月ほど前のことだ。

なんとも不親切な広告だが、これに頼るしかない。雑誌の編集部に問い合わせ、なんとか連絡先を教わり、今日の約束を取りつけた。

急ぐような話でもないが、どうせなら早く決着を付けたい。そう思って可能な限り早い日程を決めた。

そろそろ桜が咲くころだろうが、思ったより人出は少ない。境内を出て御薗橋を渡るまで、ほとんどすれ違うひともないのはありがたい。東京にいても故郷に帰っても、人目ばかりを気にする日々が続いたので、久しぶりに足取りまで軽くなる。

編集部からＬＩＮＥで送ってもらった地図をスマートフォンで開き、辺りの景色と照らし合わせると、どうやら目指す食堂はすぐそこのようだ。

探偵事務所は食堂に併設されていると聞き、なんとなくうさん臭さを感じてしまったが、京都という土地ならそんなこともあるかもしれないと思い、足を運んだのだ。

御薗橋を西に渡ってしばらく歩くと、右手にそれらしき店が見えてきた。

編集部から聞いたとおり、看板も暖簾《のれん》も掛かっていないが、素っ気ないガラス戸越しに見える店は食堂然とした佇《たたず》まいで、客の姿はまばらだ。

店に入ろうとするとトラ猫が足元にすり寄ってきて、ひと声鳴いた。

「きみもこのお店に入りたいのかい？」

屈《かが》みこんでみすずがトラ猫の頭を撫《な》でた。

「ひるね、お客さんの邪魔したらあかんよ」

店のなかから、ブラックジーンズに白いシャツ、黒のソムリエエプロンを着けた若い女性スタッフが出てきた。

「この子、ひるね、っていう名前なんですか？」

みすずが立ちあがった。

「いっつも寝てばっかりいるから、ひるねていう名前にしたんですよ。よかったらお入りください」

「食堂ではなく、『鴨川探偵事務所』へ伺ったんですが」

「もしかして宮前さんですか？」

「はい。東京からまいりました宮前みすずです」

「ようこそ。テレビで拝見してるよりお若い感じですね。うちは鴨川こいし。この食堂の主人です。探偵はお父ちゃんのほうなんで、すぐに呼びますね」

こいしがスマートフォンを耳に当てた。

「おそれいります」

みすずはキャリーバッグを店の玄関に寄せた。

「すぐに来る言うてるんで、ちょっとだけ待ってくださいね」

こいしはスマートフォンをソムリエエプロンのポケットにしまった。

「ありがとうございます」

みすずがサングラスをはずした。

「ようこそお越しいただきましたな。鴨川流です。おおかたの話は茜《あかね》から聞いとります」

駆けよってきた流が茶色の和帽子を取った。

「お世話になります。宮前みすずです。茜さんって〈料理春秋〉の編集長さんですね。ご親切にいろいろと教えていただいて」

「みすずはん、お腹《なか》の具合はどないですか？　いちおう簡単なお昼を用意してますんやが」

「そのことも編集長さんから伺っていて、ご迷惑でなければぜひ」

みすずは口もとをゆるめた。

「迷惑どころか大歓迎。お父ちゃんはべっぴんさんにご飯を食べてもらうのが、なによりの生き甲斐《がい》やさかい、遠慮のう食べていってください」

「べっぴんさんだけやないがな。食を捜してはるお客さんに旨《うま》いもんを食うてもらうのも、わしの仕事や」

「建前はそうなってるみたいですわ」

「ひと言多いのは、こいしの悪いクセですねん」

父と娘の掛け合いを聞いて、みすずは小さく笑った。

店のなかの客が手をあげているのに気づいたこいしは、一礼して店のなかに戻っていった。

「ほな、行きまひょか。探偵事務所はすぐ裏手です」

流が店の横の駐車場へ向かった。

世界遺産にも登録されている『上賀茂神社』のすぐ傍《そば》に商店街があり、その裏手には閑静な住宅街が佇んでいる。京都らしいとも言えるが、故郷の熊本にも似たような街はある。

京都のひとはイケズだと聞いていたが、今のところはそんな気配は感じない。洗礼はこれからなのかもしれないが。

流に先導されて駐車場を抜けると、立派な古民家の前に出た。

「そうは見えへんと思いますけど、ここが探偵事務所ですねん。どうぞお入りくださ
い」

枝折戸《しおりど》を開けて流が手招きした。

「さすが京都ですね。こんな立派なおうちを事務所になさるなんて。うちの事務所なんてエレベーターもない雑居ビルの四階にあったんですよ」

「東京は家賃が高いさかい、そうなるんですやろな。ここの家賃聞いたら、安ぅてびっくりしはる思いまっせ」

玄関戸を開けて、流がみすずに笑みを向けた。

「失礼します」

キャリーバッグを持ち上げたみすずが敷居をまたいだ。

「お話を聞く前にお昼を出しまっさかい、ここに腰かけて待っとってください」

テーブルの椅子を引いて、流は早足で台所に向かった。

クラシックなリビングダイニングといったふうな部屋は、天井の太い梁《はり》が黒光りする重厚な造りで、どう見ても探偵事務所には見えない。

素っ気ないまでにシンプルな造りの食堂とのギャップに、なにか意味があるのだろ

うか。

雑誌の編集者の話だと、探偵である鴨川流は知るひとぞ知る名料理人だということだったが、この建屋を見ると、まんざら大げさではなさそうだ。

「みすずはん、飲みもんはどうします？　ひと通りのお酒は用意してまっせ」

台所から流が訊《き》いた。

「ワインはありますか？」

「白か赤か、どっちにしまひょ？」

「赤ワインをお願いします」

「軽めのんをお持ちしますわ」

流がワイングラスを拭きはじめた。

みすずは酒の飲めない体質だと、自分で思いこんでいたが、眠れない夜に睡眠薬代わりに飲んでみたら、思いのほかすいすい飲めることに気付いた。

それ以来、夕食にワインは欠かせない存在となった。日本酒や焼酎も試してみたが、こちらはまったくと言っていいほど受け付けず、すぐに気分が悪くなってしまった。

最初はグラス一杯をおそるおそる飲んでいたが、それがやがてハーフボトルになり、いつの間にかフルボトルを、ひと晩で空けてしまうまでになった。

「メルロのレッチャイア、トスカーナです。和食にもよう合うて、バランスの取れたええ赤やと思います。ボトルごと置いときまっさかい、好きなだけ飲んでください」

流が紫色のラベルが貼られたワインボトルとグラスをテーブルに置いた。

「ありがとうございます。ワインを飲みはじめたのは最近なので、知識ゼロなんですが、きっと上等なのでしょうね」

「わしも詳しいことは知りまへん。ワインに限ったことやのうて、酒てなもんは口に合うかどうか、好きか嫌いか、だけでええのと違いますか。ウンチクを呑《の》むわけやおへんしな」

笑顔を残して、流は台所に戻っていった。

どんなことも適当に済ませることができない性質《たち》なので、ワインのことも少しは勉強した。メルロというのはブドウの品種のひとつで、トスカーナというのは産地だということぐらいは分かる。

ひと口飲んでみると、ふだん飲んでいるテーブルワインとは比べものにならないほど、味に深みがある。などとエラそうに言えるほど理解はできていないのだが。

家で飲んでいるときは、すぐに眠気が襲ってくるのだが、飲むほどに逆に頭が冴《さ》えてくる。いいワインとはそうしたものなのだろうか。

「お待たせしましたな」

流が抱えるようにして大皿を運んできた。

「すごいごちそうじゃないですか」

目の前に置かれた大皿を見て、みすずが歓声をあげた。

「春は旨いもんがようけありまっさかいな。ごちそうと呼べるやどうや分かりまへんけど」

「こんなごちそうは初めてです」

「そないたいそうなもんと違いまっけど、いちおう料理の説明しときます。左の上から、桜鯛《さくらだい》の細造り。おぼろ昆布と和《あ》えてますんで、そのまま食べてください。その右は筍《たけのこ》のフライ。これも味が付いてますんで、そのままどうぞ。その右はだし巻き卵。刻み穴子を入れてます。その下は煮ハマグリです。酢ショウガで巻いて召しあがってください。その左は鴨《かも》ロースの博多蒸《はかたむ》し。間に芽ネギを挟んでます。よかったら溶き辛子《がらし》を付けて食べてください。その左は桜海老《さくらえび》のかき揚げ。抹茶塩が掛かってます。その下は剣先イカの雲丹《うに》焼。そのままどうぞ。その右はヅケマグロの手まり寿司《ずし》。その右は小鯛の酢漬け、大葉で巻いて食べてもろたら、さっぱりして美味《おい》しおす。〆《しめ》に筍ご飯を用意しとりますんで、声を掛けてください。どうぞごゆっくり」

料理の説明を終えた流は一礼し、台所に戻っていった。

聞きしに勝る、というのはこういうことを言うのだろう。どれほど食にうとくても、目の前に並んだ料理が一級品だということぐらいは一目瞭然だ。

説明を聞いたからといって、内容が理解できるほど食に詳しくはない。確か、博多がどうとか言っていた。ちんぷんかんぷんだが、見た目だけで充分その真価は伝わってくる。

とにかく食べてみよう。説明の最後のほうは覚えている。大葉で巻いた小鯛の酢漬けを口に入れた。

酸っぱすぎることなく、爽やかな後口が舌に残る。赤ワインともよく合う。

ヅケマグロの手まり寿司は指でつまんで食べた。真っ赤で薄っぺらいマグロに慣れているので、赤黒く分厚いマグロはどうかと思ったが、ねっとりとした旨みは濃厚で、もうひとつ食べたくなる味だ。

雲丹を塗ったイカは初めての味。イカと雲丹はこんなによく合うものなのか。新鮮な驚きはワインを呼ぶ。こんなに早いペースで飲むのは生まれて初めてのことだ。その割にまったくといっていいほど、酔いが回らないのは、上質のワインだからなのだろうか。

三品食べただけだが、鴨川流という探偵は一流の料理人でもあるということに確信を持った。

これだけの腕前なら、きっと間違いなく捜しだしてくれるだろう。

ただひとつ問題がある。食を捜しだしてもらうためには、様々な経過、事情を話さなければならない。

カウンセラーという仕事をしてきて、的確な相談相手を選ぶことが、もっともたいせつだとさんざん言ってきたし、今もその考えは変わらない。

父親とおなじ歳恰好《としかっこう》の男性に対して、率直に話ができるかどうか、まるで自信が持てない。

異性関係の話にはデリケートな部分もある。おなじ年ごろか、いくらか年上の同性のほうが話しやすいのだが……。

そんな気の迷いをふり払うかのように、みすずはワイングラスを一気にかたむけた。

「どないです？　お口に合《お》うてますかいな」

流が傍らに立った。

「おいしくいただいてます。食には詳しくないので、猫に小判かもしれませんが、すごいお料理なんだということだけは、とてもよく分かります」

みすずは赤く染まった顔を流に向けた。

「よろしおした。すごいかどうかは分かりまへんが、料理っちゅうもんは口に合うのが一番です。ワインも足らんようやったら、もう一本持って来まっさかい、遠慮のう言うとぉくれやっしゃ」

流が持ち上げたワインボトルは、残りが四分の一ほどになっている。

「お料理があまりにおいしいので、つい飲みすぎてしまって。肝心のお話もしなきゃいけませんので、これ以上は飲まないようにします」

みすずがワインボトルの口を手のひらで押さえた。

「〆はいつでもお出しできるんで、それまで好きなように飲んで、好きなように食べてください」

苦笑いして、流は台所に向かった。

そうか。まだ〆があるのだった。たしか筍ご飯と言っていた。好物のひとつだから、その分の胃袋を空けておかないと。

思いがけない展開になった。

ここへ来るまでは、探偵自慢の素人《しろうと》料理を食べなければ、食を捜してもらえない。そういう仕組みだと思っていた。

カウンセラー仲間にも、そういうひとたちは少なくなかった。まずは自分の自慢話を相手に聞かせてから相談を受ける。経験豊富なひとほどそんなルーティンを持っていた。

だし巻き卵や筍のフライなど、どこにでもありそうな料理も、ひと味もふた味も違うように感じる。家庭の味のようなぬくもりがありながら、明らかにプロの料理だと感じさせる繊細さもある。

探偵か料理人か、どちらが本職なのだろう。本職が料理のほうだとすれば、なぜこんな場所のこんな家で料理を出しているのだろう。

料理とワインを味わいながら、迷宮に迷い込んだような時間を過ごしているのが、なんとも不思議だった。

気が付くと大皿に載った料理をすべて食べ終えていた。

「すみません。〆をお願いしていいですか？」

中腰になって、みすずが高い声をあげた。

「すぐにお持ちします」

間髪をいれず流が言葉を返した。

座りなおそうとすると身体《からだ》が揺れた。そんなに酔っているという意識はないが、やっぱりアルコールはしっかり脳にまで届いているのだ。

「お待たせしました。筍ご飯です。お代わりもありますんで、足らなんだら声を掛けてください」

流がテーブルに置いた染付の飯茶碗《めしぢゃわん》からは、ほんのり湯気があがり、筍の香りが漂っている。

「いただきます」

みすずはすぐに箸を付けた。

筍ご飯と言いながら、筍が入っていないのではないか。真っ白なご飯を見てそう思ったが、食べてみると間違いなく筍ご飯だ。

米粒とおなじぐらいに筍を細かく刻み、炊き込んである。ご飯と筍が一体になっていて、とても食べやすい。

手の込んだ料理という言葉を簡単に使ってはいけない。そう思わせる〆だった。

「足りてまっかいな？」

流が台所から首を伸ばした。

「充分です」

みすずが笑顔で答えた。

「落ち着かはったら、お話を伺いまっさかい。お茶など淹《い》れますわ」

いよいよだ。どこまで話そうか、などと迷ってるわけにはいかない。こと細かに話さないと、肝心の食を捜しだしてもらえないだろう。みすずは覚悟を決めた。

流が淹れているのは番茶だろうか。芳《こう》ばしい香りが漂ってきて、なんとなく心が落ち着くような気がしてきた。

「遅ぅなってごめん。ちょっと忙しかって」

玄関先から聞こえてきたのはこいしの声だ。

「ちょうどええタイミングや。食べ終わらはったんで、今お茶淹れてるとこや」

流が台所から顔を覗《のぞ》かせた。

「お昼はどないでした？　お口に合いましたやろか」

黒いパンツスーツ姿のこいしが訊いた。

「はい。こんなにおいしい料理をいただくのは生まれて初めてです」

腰を浮かせてみすずが答えた。

「たいそうなこと言いなはんな。ここから先はこいしに交代しますんでよろしゅう」

流がふたり分の茶を出した。

「こう見えて、お父ちゃんて気ぃ遣いですねん。込み入った話やったら、こいしのほうが話しやすいやろ、て」

　こいしがテーブルにノートを置いた。

　胸のなかを見透かされていたのかと、少しばかり恥じながらも、みすずは流の配慮に胸を熱くした。

「お気遣いありがとうございます」

　立ちあがってみすずは深く腰を折った。

「ほな、あとは頼むで」

「まかしといて」

　流とハイタッチをして、こいしはみすずと向かい合って腰かけた。

「よろしくお願いします」

　みすずは座りなおして背筋を伸ばした。

「早速ですけど、ここに記入してもらえますか。簡単でええので」

　こいしがバインダーをみすずに差しだした。

「はい。探偵依頼書ですね」

　受け取ってみすずがペンを手にした。

「カウンセリングのときもこんな感じですか？」

こいしはノートを開き、カラーペンをその横に並べた。

「カウンセラーによっても違うのでしょうが、わたしはお相手の了解が得られれば、ビデオ録画をさせてもらって、現場ではいっさいメモを取らないようにしています」

ペンを走らせながらみすずが答えた。

「なるほど。そのほうが相談しやすいのかもしれませんね」

「あくまでわたし流ですから、それがいいかどうかは分かりませんけど」

書き終えて、みすずがバインダーをこいしに返した。

「宮前みすずさん。お住まいは東京でご実家は熊本。早速ですけど、どんな食を捜してはるんですか?」

「鍋ものなんです。お蕎麦《そば》が主役の」

「お蕎麦の鍋ですか。鍋もんて言うたら、ふつうはお肉とか魚が主役やけど、お蕎麦がメインなんですね」

「はい。蕎麦を食べるための鍋なんだと聞きました」

「どこかのお店のお鍋ですか?」

「いえ。知り合いのお家によばれた際に食べたものです」

一瞬みすずが目を伏せた。

「差し支えなかったら、どこのどんなお家か聞かせてもらえますか。言いにくいことは省いてもろてもかまいませんし」

　こいしがペンを持つ手に力をこめた。

「週刊誌が発端となって、テレビのワイドショーなんかで報道されてますから、今さら差し支えることとなんかないのですけど」

　みすずはみずからをあざけるように笑った。

「マスコミでおもしろおかしゅうに報じるさかい、鵜呑《うの》みにしたらあかんて、さんざんお父ちゃんに言われてるんで、ありのままをみすずさんの口から聞かせてもろたらありがたいです」

　こいしはまっすぐにみすずの目を見た。

「ありがとうございます。恩師の降谷誠志《ふるやせいじ》先生のお宅で食べたお鍋なんですが、なにしろまだ小学生でしたから、くわしいことはまったく覚えていないんです」

　伏し目がちにみすずが答えた。

「最初にことわっときますけど、失礼なことていうか、いやなこと言うたり訊いたりするかもしれません。かんにんしてくださいねぇ」

　みすずがこっくりとうなずいたのをたしかめてから、こいしが続ける。

「その降谷さんて、あの話題になってるお相手の男性ですか？」

「はい」

こいしの問いかけにみすずは短く答えた。

「古ぅからの師弟関係やったんですね」

「小学校の五年生のときに登校拒否になってしまって、長いあいだ引きこもり生活が続いていたのを降谷先生が救ってくださったんです」

「その経験を生かして、フリースクールを開いたりして、学校へ行かへん子どもの救世主にならはったんやね」

「救世主なんて大げさすぎます。わたしはただ、苦しんでいる子どもたちを助けたい一心でやってきただけで、カリスマでもなければ、ましてや救世主なんてとんでもないです」

「本人はそう思うてはっても、世間はそうはいかへんのですね。テレビやったら視聴率、週刊誌とかやったら売上を上げんならんさかいし、大げさに表現しはるんですよね」

「ひとりでも多くの学校に行きたくない子どもたちに届くのだったら、と思ってそういう役割を演じていたのですが、どんどんエスカレートしてしまって」

「いじめの事件が起こったら、かならずて言うてええぐらい、みすず先生がコメントしてはりましたもんね」

「わたしの言葉で少しでも救われる子どもがいるなら、と思ってできるだけ断らずにコメントしてきました」

「苦しんでる子どもにとって、みすず先生は神さんみたいなもんやったさかい、あんだけ大きな騒ぎになってしもうたんですやろね」

「まさかあんな騒ぎになるなんて、夢にも思いませんでした」

天井を仰いで、みすずは深いため息をついた。

「化けの皮が剝がれた、て、いくらなんでもひどすぎますよね」

こいしが顔をしかめた。

「わたしが悪いんです。世間を知らなすぎました。髪の毛一本もやましい気持ちがなかったので、甘く見ていたのだと思います」

「キツイかもしれんけど、うちもそう思います。なんぼ恩師やていうても、奥さんのやはる男のひととふたりで旅行行ったら、そらあかんでしょ。世間的には不倫ていうハンコ押されますやん」

「今から思えばおっしゃるとおりなんですが、あのときはほんとうに軽い気持ちだったので」

みすずは悔しそうに唇を嚙《か》んだ。

「すみません、キツイ言い方してしもて」

こいしが頭をさげた。

「とんでもない。おっしゃるとおりですから。わたしが常識に欠けていたばっかりに、先生にも奥さまにも取り返しのつかない迷惑を掛けてしまいましたし、すべてはわたしの責任なんです」

みすずの目がみるみるうちに潤んだ。

「なんぼ本人にそんな気がなかったとしても、ひとからは不倫旅行やて見られるかもしれん。そう思わはらへんかったんですか？」

こいしが訊いた。

「降谷先生とは、講演だとかセミナーとかに出るために何度も一緒に旅行してましたし、いつも先生の奥さまも一緒でした。あの日もその予定だったんですけど、当日の朝になって奥さまが体調を崩されて、ふたりだけの旅行になってしまいました」

「お仕事で旅行しはるのに、いつもあんな豪華な温泉旅館に泊まらはるんですか？」

こいしが上目遣いにみすずの顔を覗きこんだ。

「とんでもない。いつもはビジネスホテルか、シティホテルの安いお部屋なんですが、あの日はたまたま主催者がお知り合いの方の旅館を手配してくださったんです。後にも先にもあんな高級旅館に先生と一緒に泊まったことはありません」

　みすずが語気を強めた。

「なら、たまたまそのときに週刊誌の記者が居てはったってことですよね。偶然とは思えへんけどなぁ。はめられたとか、はないですか？」

　こいしが疑問を口にした。

「先輩の教育評論家先生にとって、たしかにわたしは目の上のたん瘤《こぶ》だったと思います。面と向かってわたしのやり方を批判されたこともありますし、ネットで陰口をたたかれることも少なくありませんでしたから、わたしを陥れようと思うひとが居てもおかしくありません。でも犯人捜しをしたからといって、消し去ることもできませんし、何よりあの写真は捏造《ねつぞう》したものではないのですから」

　みすずは声を落とした。

「おふたりで旅館へ入っていかはるとこから、同じ部屋から出てきはったとこ、朝になってそろって旅館から出てきはるとこまで、あれだけ写真撮られてはったのに気付かはらへんかったんですか？」

「まさかそんな写真を撮っているひとがいるとは思ってもいませんでしたから。あとから考えると、たしかにおかしな動きをしているひとが居たような気もしますが。隠し撮りされるような立場じゃないと思いこんでいたのがまずかったんですね」

「もったいないなぁ、て正直思いますけど、済んだことやし、今さらあれこれ言うてもしょうがないですよね。横道にそれてしもてすんませんでした。肝心のお話を続けましょ」

こいしが座りなおし、ノートのページを繰ると、みすずがこっくりとうなずいた。

「降谷先生のお宅てどこにあるんです？」

「熊本の市内です。水前寺《すいぜんじ》公園の近くにむかしから住んでおられます」

みすずが答えた。

「小学生のときやていうことやから、二十五年ほど前の話やね。どういう状況やったか聞かせてもらえますか」

こいしがペンをかまえた。

「一年近く登校拒否が続いていたある日、隣のクラスの担任だった降谷先生がうちに訪ねて来られたんです。担任の先生には馴染《なじ》めなかったのですが、降谷先生とはなんとなく気が合う感じだったので、ホッとした気持ちになって、いろいろお話ししたんです。そしたら降谷先生が、家《うち》へご飯を食べにおいで、と言ってくださって。数日後に伺ったんです。そのときに奥さまが用意してくださった蕎麦のお鍋がとてもおいしくて、なぜだか分かりませんが涙が止まらなくなったんです」

「おいしいもん食べて涙が出る。よう分かります」

こいしが言葉をはさんだ。

「哀《かな》しいわけではないのに涙が出るって、このとき初めて知りました。先生と奥さまがふつうにやさしくしてくださったのが、うれしかったんです」

みすずは赤い目をしばたたいた。

「ふつうにやさしい、てええ言葉ですね」

「はい。殻にこもっているわたしが悪いんですけど、腫れ物にさわるような感じでやさしくされると、余計に身構えてしまうんです。その点、降谷先生も奥さまも、すごく自然に接してくださって。奥さまの得意料理だという蕎麦鍋も、特別なごちそうではありませんでしたけど、かと言ってふだんのご飯とは違う。そう感じました」

「小学生にしてはよう観察してはったんですね」

こいしはノートに鍋料理のイラストを描いている。

「臆病だったからかもしれません。その当時はひとがどんな気持ちで、どんなことをしているか、気になって仕方がないという、おかしな子どもでした」

「それがその蕎麦鍋を食べて変わらはったんですね」

「すぐに変わった、というのではなく、少しずつひとに心を開くようになっていった、という感じでした。先生のお家にはそれからちょくちょくお邪魔するようになって、それを愉《たの》しみに学校へも行くようになりました。最初は月に一度だったのが、週に一度になり、やがて一日おきぐらいになりました」

「えらい進歩ですやん。頑張らはったんやね」

「いえ、なにも頑張ってません。頑張ろうと思うと苦しくなるので。行きたくなったら行く。行きたくないときは休む。そう言ってくださったのも降谷先生だったんです」

「なるほど。そういうもんかもしれませんね」

「わたしがセミナーで話したり、本に書いていることって、ほとんどが降谷先生のうけうりなんです。そんな大恩ある先生や奥さまを、こんな目に遭わせてしまって、ただただ申しわけないと」

みすずの瞳から涙があふれ出た。

「ひとりで責任を負わはらんでもええやないですか。恥じんならんようなことはしてはらへんのでしょ?」

こいしは視線を鋭くした。

「先生の奥さまを裏切るようなことは、天地神明に誓ってありません。それは断言できるのですが、こういうのを悪魔の証明っていうのでしょうか。世間には信じてもらえなくて」

　みすずが小指で頬の涙をぬぐった。

「なんにもなかったて証明するのは、ほんまにむずかしいでしょうねぇ」

　こいしはノートにバツ印を並べて描いている。

「すべてはわたしが不用意だったからなので、わたしがどれだけ叩《たた》かれても仕方ないと思うのですが、先生や奥さままでが誹謗《ひぼう》中傷されるのは本当に苦しくて。それだけではないんです。両親までマスコミに追いかけられて、世間に詫《わ》びるべきだとか責め立てられるんです。降谷先生の奥さまも両親も、わたしの潔白を信じてくれてはいるのですが」

　みすずが両手で胸を押さえた。

「お気持ちはお察ししますけど、なんで今になってその蕎麦鍋を捜してはるのかが、よう分からへんのですけど」

　こいしは小首をかしげながら訊いた。

「登校拒否児童だったわたしが、おなじ境遇の子どもたちの役に立つようにまでなったのは、降谷先生と奥さまのおかげですし、その原点となったのがあの日の蕎麦鍋だったことは間違いありません。今すべてを失ったわたしは、これからなにをどうすればいいのか、出発点に戻ってもう一度考え直そうと思ったんです」

うつむき加減のみすずは、言葉を選びながらゆっくりと答えた。

「すべてを失わはったとは思いませんけど、言うてはることはなんとのう分かりました。ひとつ訊いていいですか？」

「なんでしょう？」

みすずが目をしばたたいた。

「降谷先生か奥さんに訊かはったらすぐ分かる話やと思うんですけど、直接訊くことは避けたいていうことですか？」

「これ以上ご迷惑を掛けてはいけないので、おふたりにはもう二度とお会いしないでおこうと決めたんです」

「そこまでせんでもええと思いますけど、みすずさんが自分で決めはったことやし。うちがお会いして訊くこともせえへんほうがええんですよね」

「はい。わたしが捜していると分かれば、きっと先生か奥さまが直接連絡を取ろうとなさるでしょうから。おふたりには気付かれないように捜して欲しいんです」

「となったら、もうちょっとヒントが欲しいとこやなぁ。なんでもええので、覚えてはることを教えてもらえます？」

「食べることと言えば、お腹いっぱいになればいい、ぐらいにしか思っていないころでしたから、ほとんど覚えてないのですが。きのことか白菜とかの野菜をお出汁《だし》で炊きながら食べて。鶏肉《とりにく》も入っていたような気もします。家ではめったに鍋物は食べなかったので、先生と奥さまと三人で同じ鍋をつつきながら食べる。ただそれだけで充分おいしかったのですが、最後のほうになって先生が訊いてくださったんです。みすずちゃんは蕎麦アレルギーはないかい？　って。アレルギーっていう言葉もよく知らなかったので、黙って首をかしげていると奥さまが、これまでにお蕎麦を食べて気分が悪くなったとか、そういうことはなかったの？　と訊きなおしてくれたんです。それならありませんと答えました」

「奥さんもええひとですね」

こいしが言葉をはさんだ。

「質問をした相手が答えに困っていたら、違う訊き方をするといいんだ、ってこのときに学んだこともカウンセラーの仕事に活《い》きています」

「小学生でそこに気付くやなんて、みすずさんもたいしたもんですやん。そういう実体験の積み重ねがあったさかい、絶大な信頼を得てはったんや」

「その積み重ねも消えるときは一瞬ですけどね」

　みすずが自嘲気味に笑った。

「降谷先生は熊本のひとやて聞きましたけど、奥さんはどこの出身かご存じですか？奥さんの得意料理てさっき言うてはったから、なにかヒントになりそうな気がしますねん」

「信州の田舎《いなか》だとおっしゃってました。ご実家はスキー場の近くで民宿をやってらしたそうです」

「信州の田舎のスキー場かぁ。ようけありそうやな」

　こいしがノートにスキーのイラストを描いた。

「実家の近くにはクマザサで覆われた険しい峠があって、むかしの子どもはその峠を越えて働きに出ていたんだよ、っていう話は何度か聞きました」

　みすずの話を細かく書き留めながら、こいしが問いかけを重ねた。

「ほかにはなにか？」

「ほかには……。そうそう、お蕎麦をお鍋に入れるときに小さな籠を使ってました。手がついた竹籠にお蕎麦を入れて、お鍋に浸《つ》けるんです。そうしたら蕎麦が鍋のなかにちらばることがないので」

「なるほど。それはええアイデアやね。どんな形でした？」

「ラーメン屋さんで、麺を茹《ゆ》でて湯切りするときに使う籠っていうか笊《ざる》があるじゃないですか。あれのミニサイズっていう感じでした」

「こんなんでした？」

こいしがノートをみすずに向けた。

「ええ、こんな感じでした。蕎麦を温めるだけだから五秒くらいでいいよと先生がおっしゃって、一緒に数を数えながら、はい、と言って自分の器に移して食べました。愉しかったなぁ」

みすずが遠い目を宙に遊ばせた。

「どっかで聞いたことある話やなぁ。小さい籠持って五秒待ってるのが愉しかった……」

腕組みをして、こいしが首を左右にかたむけた。

「見つかりそうですか？」

みすずがこいしの顔を覗きこんだ。

「お父ちゃんやったら、ちゃんと捜してきはる思います」

こいしが苦笑いした。

「よろしくお願いします。いつごろになりそうですか」

「だいたい二週間ぐらいやと思うててください。お急ぎですか？」

「いえ、特に急いではいませんが」

こいしが視線を向けると、みすずが目をそらした。

「東京から来はったんでしょ。今日はこれからどうしはるんです？」

「せっかくなので一泊して京都見物をしようと思っています」

こいしが立ちあがると、みすずもそれに続き、ふたりで外に出た。

「行くとこ決めてはるんですか？　もしまだやったら『上賀茂神社』とか『下鴨神社』がお奨《すす》めですよ」

「京都へ来る前にいろいろ下調べして、『真如堂《しんにょどう》』と『平等院《びょうどういん》』をお参りしようと決めてきたんです」

「ふたつのお寺はちょっと離れてるさかい、じょうずに移動せんと時間掛かりますよ」

こいしが食堂の前に立った。

「はい。京阪《けいはん》電車を使って移動する予定です」

「ちゃんと調べてはるんや。それやったら安心やけど」

こいしは笑顔をわずかにゆがめた。

「あんじょうお訊きしたんか？」

ふたりの姿を見かけて、流が食堂から出てきた。

「さきほどはごちそうさまでした。頼りない記憶なのに、しっかりお聞きいただきました」

みすずが一礼した。

「これから『真如堂』へ行かはるんやて」

「ご苦労はんですな。『真如堂』行かはるんやったら、9番のバスに乗って堀川丸太《まるた》町《まち》で丸太町通を東へ行くバスに乗り換えるのがええんと違うかな」

「せやろか。37番に乗って河原町《かわらまち》丸太町で乗り換えるほうが早いと思うえ」

こいしが反論した。

「そんなことはないで。そら9番のほうが早いいて。本数も多いし」

「いや、37番のほうがええて。堀川通やったら遠回りになるやんか」

流とこいしのやり取りを聞いて、みすずがくすりと笑った。

「ご親切にありがとうございます。特に急ぐわけではないので、次に来たほうに乗ります。そうだ、うっかりしてました。お食事代をお支払いしなければ」

みすずが長財布を取りだした。

「探偵料と一緒にこの次にいただきますよって」

「どんな食か分かりまへんけど、だいたい二週間あったら捜してきますんで、連絡するまで待っとってください」

流が首を伸ばして西のほうへ目を向けたのは、市バスの姿が見えたからである。

「分かりました。愉しみにしております」

「残念、37番が先に来たか」

流が悔しそうに舌打ちした。

「みすずさん、河原町丸太町で降りて、丸太町通を東へ行くバスに乗り換えてくださいね。錦林車庫まで行くバスやったら真如堂前で降りたら『真如堂』は近いし」

こいしが勝ち誇ったように細かく説明した。

「ほんとうにありがとうございます。どうぞよろしくお願いします」

流とこいしに頭を下げて、みすずがバスに乗りこんだ。

「お気を付けて」

こいしがその背中に声を掛けた。

「紅葉のときやったらまだしも、この時季に『真如堂』かぁ。みすずはんは京都通なんやなぁ」

感心したように流がバスを見送ると、こいしは曇った顔をおなじ方に向けた。

2

二週間を待たずに連絡が入った。みすずはそれを吉報ととらえていいのかどうか、心を迷わせている。

一刻も早く京都へ行くべきか、少しばかり遅らせるべきか、迷ったあげく、みすずは前者を選んだ。

春は思った以上に進んでいて、京都は初夏と言ってもいいほどの陽気に包まれていた。

JR京都駅から乗り込んだ京都市バス9号は、堀川通をまっすぐ北上している。

左手に『二条城』が見えた。

大型の観光バスがたくさん駐車場に並んでいて、次々と修学旅行生が降りてくる。

声こそ聞こえないが、生徒たちが賑《にぎ》やかに歓談しながら、軽やかな足取りで大手門を目指している。

小学校のときは修学旅行どころか、遠足すら一度も行ったことがなかった。

それが一転して高校生のときには卒業アルバムの制作委員長を務めたのだから、降谷先生にはどんなに感謝しても、感謝しきれないものがある。

あのとき、あの旅館に一緒に泊まりさえしなければ、今も愉しい時間を一緒に過ごすことができたのに。悔やんでも悔やみきれない。極まる思いが両極にあるのは、やっぱり自分のせいなのだ。

強く握りしめた指の爪が手のひらに食い込む。移りゆく京都の風景が涙でにじんだ。

薄手の白いコートは余計だったか。バスを降りるなり、みすずはコートを畳んで黒いトートバッグに入れた。

あらためて外観を見てみると、なんの変哲もない食堂だ。まさかここを入口として、食を捜す探偵に行き着くとは、道行《ゆ》くひとは誰も思わないに違いない。

前まで来てみると、ガラス戸を透かして不思議な貼り紙が目に入る。〈食捜します 鴨川探偵事務所〉。いったいなんのことだろう。ふつうのひとはそう思って素通りするに違いない。

落とし物だとか忘れ物なら捜そうとするだろうけど、食捜しを頼もうと思うひとなどほとんどいないはずだ。

「こんにちは。宮前ですが」

ガラス戸をゆっくり開けて掛けた声が、開店前でがらんとした店にこだまする。

「おこしやすぅ、ようこそ」

少し間を置いて、こいしが出てきた。

「お電話ありがとうございました」

みすずが頭を下げた。

「暖かいて言うより暑いぐらいやね。エアコン入れよかどうしよか、て迷てますねんよ」

「ほんとうに夏のような気候ですね」

「あんまりお鍋にはふさわしい日やないんですけど」

こいしが苦笑いした。

「急《せ》かしてすみませんでした」

みすずもおなじような笑みを返した。

「最初にお断りしときますけど、家庭の鍋料理てそれぞれの家によって、微妙に味付けが違うので、みすずさんが捜してはる、降谷家の蕎麦鍋とまったくおんなじ味、ていうわけにはいかへんと思います。こんな感じの鍋料理やていうぐらいに思うてもらえたらありがたいです」

「もちろんです。あれこれご無理を言って申しわけありませんでした」

「おこしやす。これから蕎麦を茹でますさかい、もうちょっと待ってくださいや。鍋のほうはもう準備万端でっさかい、ぼちぼちお座りになってください」

流が厨房《ちゅうぼう》から顔を覗かせた。

「うちがいろいろ調べて、実際に現地へ行って捜しださはったんはお父ちゃんですし、間違いない思います」

「現地って？」

「詳しいことは食べ終わらはってからお話しします。まずは食べてみてください。小学生のときに戻ってもらわんならんさかい、お酒は出しませんし」

「はい」

「すぐに用意しますね」

言いおいてこいしは厨房に向かった。

あの日とおなじかどうかは、まったく分からないが、芳《かぐわ》しい出汁の香りが厨房から漂ってくると、みすずは小さく鼻を鳴らした。

いよいよあの蕎麦鍋が食べられる。みすずの胸は高鳴るいっぽうだ。トートバッグから地図を取りだして、紅《あか》くマーキングした場所をたしかめた。

「お待たせしてすんませんね」

地図を横目にしながら、こいしは土鍋の載ったカセットコンロをテーブルに置いた。

「ちっとも急ぎませんから」

みすずは地図を畳んでトートバッグに戻した。

「蕎麦に行きつくまでの鍋は、ちょっと違うかもしれまへん。鶏肉はモモとムネと両方あります。野菜はシメジとマイタケ、白菜に菊菜、白ネギです。しばらくこれ食べて蕎麦を待っとってください」

染付の大皿を横に置いて、流はコンロに火を点《つ》けた。

蕎麦が始まる前の鍋については、おぼろげな記憶しかない。なんとなくこんな風だったようだが、違っているかもしれない。

奥さまが取り分けようとしてくれたのを、先生が制止して、鍋ものは自分で好きなものを取るほうが愉しいから、とおっしゃったことだけは、はっきりと覚えている。

子どもなのに一人前扱いされたことが、とても嬉《うれ》しかった。こんなささいなことが、閉じこもっていた心を開く切っ掛けになることだってある。講演のときによくこの話を例に引いたものだ。

出汁の効いた鍋つゆを器にとり、鶏肉を浸して口に入れると、ほっこりと気持ちがなごんだ。

箸の持ち方もあのときに教わった。躾《しつ》けるという空気ではなく、こんなふうに持ったほうが食べやすいよ、と先生が手を取って教えてくださった。先生の手のぬくもりが伝わってきて、自然と笑いがこみ上げてきたことを思いだした。

「お待たせしましたな。蕎麦が茹であがりました。食べ方はご存じですわな」

蕎麦を盛った中鉢を、流が鍋の横に置いた。

「はい。たしかにこういう小さな竹籠にお蕎麦を入れて、鍋で温めて食べました」

「どうぞごゆっくり召しあがってください。お蕎麦が足らなんだら言うてください」

「ありがとうございます。これで充分だと思います」

みすずが流に笑みを向けた。

流が厨房に戻ってゆき、食堂のなかはしんと静まりかえった。

太さが揃《そろ》っていないのは手打ちだからなのか。青みがかった細い蕎麦は軽やかな香りを放っている。

竹で編んだ小さな籠に蕎麦を十本ほど入れて、鍋に籠ごとひたすと、時計の針がぐるぐると逆回転し始めた。

こたつの上に載る鍋からは、もうもうと湯気が上がっている。

いーち、にぃ、さーん、よん、いーつつ。三人同時に声に出して数を五つ数え、唐《か》津《ら》焼《つ》の小鉢に移してから箸ですする。

嚙みしめると蕎麦の青い香りが口中に一気に広がった。

降谷先生と奥さまが、わたしの顔をじっと見ている。丸くやさしい笑顔を見ていると、突然涙が出てきた。

「どうしたの？　おいしくない？」

奥さまの表情が変わった。

「ただ泣きたくなっただけさ。だよな？」

先生の笑顔がさっきより丸くなった。

「うん」

手のひらで目を押さえた。

口うるさくて厳しいだけの母親と、無関心で無口な父親と三人で食べるときとは、天と地ほどの違いがある。その空気感は小学生でも容易に分かった。

だからと言って、わたしが殻に閉じこもるようになったのは親のせいだ、なんてこれっぽっちも思っていない。

逆もおなじだろうけど、子どもは親を選べない。そんなことに気付いたのは早熟だったせいだろう。幼稚園のころから本を読むのを何よりの愉しみにしていたという、少しばかり変わった子どもだった。それも子ども向けの本ではなく、海外の小説だったりしたのだから、親も戸惑ったに違いない。

しかし、降谷先生と奥さまは細かいことは気にせず、一人前に扱ってくれたのだ。

食べ終えて、もう一度おなじように蕎麦を竹籠に入れ、鍋のなかにひたした。くるくると蕎麦が籠のなかで踊る。その様子に見とれていて数を数え忘れると、先生がやさしく手を取って、籠を引き上げてくれた。

辛《つら》いときも、苦しいときも、哀しいときも、どんなときも、あのときの手のぬくもりを思いだすと、不思議と心はやわらいでいった。

人生と呼べるものがあるなら、始まりはこの蕎麦鍋で、引導をわたすのもこの蕎麦鍋ということになるのだろう。

「どないです？　合うてましたかいな？」

厨房から出てきて、流が傍らに立った。

「たぶん、としか言えないので申しわけないのですが、合っていると思います。土鍋の色は少し違ったようにも思いますが、お鍋の味付けや、この小さな籠、お蕎麦はあのときとおなじだと思います」

「よろしおした」

「どうやってこれを捜しだされたのか、お聞かせいただけますか」

「座らせてもろてよろしいかいな」

「どうぞどうぞ」

みすずが手招きすると、和帽子を脱いだ流はテーブルをはさんで向かいに腰かけた。

「わしは世のなかにうといもんやさかい、みすずはんのことをよう知らなんだんでっけど、ようけマスコミに登場してはるんですな」

「お恥ずかしい限りです」

目を伏せてみすずが両肩をせばめた。

「世間っちゅうのは気まぐれなもんです。話題にさえなったら、ほんまの話でも作り話でもどっちでもええ。無責任なもんなんやが、世のなかのひとのほとんどは、それを真実やと思うてしまうんですわな。そのおかげで、て言うたらみすずはんには申しわけないんでっけど、降谷はんと奥さんの情報もようけもらいました。それでこの蕎麦鍋に行きついた、っちゅうわけですわ」

「マスコミの記事がヒントになったということですか？」

「この週刊誌の記事に降谷はんの経歴やらが詳しい書いてありましてな、そこに奥さんとの馴《な》れ初《そ》めの話が出てきて、奥さんの故郷が信州松本の奈川《ながわ》というとこやとありましたんや。みすずはんが覚えてはったことと、重ね合わせるとぴったり一致しました。その奈川の郷土料理に〈とうじ蕎麦〉っちゅうのがありまして、今食べてもろたんが、その〈とうじ蕎麦〉です」

流が郷土料理の本を開いて見せた。

「とうじってひらがなで書いてありますけど、十二月の冬至っていう意味ですか？」

字を追いながらみすずが訊いた。

「いや。投じるという意味やそうです。鍋のなかに蕎麦を投げ入れる、っちゅうことなんですやろな。あとは蕎麦をつゆに浸けることを、湯じというんやそうで、そのどっちかか、両方の意味みたいです」

「奥さまのオリジナルではなかったんですね」

「子どものころから慣れ親しんだ料理なんですやろな。奈川っちゅうのは寒さが厳しいとこやさかい、あったかい鍋を囲んで、名産の蕎麦を食べて暖を取る。先人の知恵が生んだ料理ですな」

「降谷先生と奥さまは、なにかの意味を込めてこのとうじ蕎麦をふるまってくださったんでしょうか?」

「さぁ、それはご本人に訊かんと分かりまへんけど、みすずはんのお腹も心もあったためたげよ、という気持ちは持ってはったんやと思いますな」

「たしかに、この鍋を食べて、ぬくもりというのを感じたような記憶があります」

「こたつに入って鍋を囲む。団らんの典型ですわ。殻に閉じこもってるわけにはいきまへんがな」

「そういうことだったんですね。鍋ものってそういう効用がありますよね」

「とうじ蕎麦はそれだけやないんです。とうじ籠て言うんやそうですが、柄杓《ひしゃく》型の竹籠に茹でた蕎麦を入れて、鍋つゆで温めますやろ?　鍋のなかで散らばらんようにという理由のほかに、これは自分の分やてはっきり区別する意味もあるということでした。家族やら親しい仲間うちでも、それぞれの領分はおかすべからず、ということですやろ」

「この小さな籠にはそんな意味も込められていたのですか」

みすずが籠を手に取ってまじまじと見る。

「奈川っちゅうとこは冬が長いでっさかい、冬のあいだにいろんなもんを手作りするんやそうです。これも近くに生えてる根曲がり竹を細工したもんみたいですわ」

流が小さな竹籠を手に取った。

「冬が長いと家に居る時間が長くなりますもんね。なんだかちょっとうらやましいような」

「手仕事っちゅうのはええもんですな。モノに命が入っとる」

みすずは幾何学模様を描きだす竹籠をじっと見つめた。

「命……ですか」

「そんなことまで考えて先生と奥さまはあのとき蕎麦鍋を……」

みすずは深いため息をついた。

「さぁ、それはどうでっしゃろ。そこまで深い意味を込めはったようには思えまへん。考えんでも自然とそうなっただけですやろ。食っちゅうもんは、食べさせる相手の気持ちになったら、どんな料理を出したらええか、自然と決まってくるもんです。みすずはんのことを思う気持ちがとうじ蕎麦になって、その気持ちが伝わったさかい、何十年も経《た》った今でもまた食べたいと思わはる。とうじ蕎麦だけのことやない。食いもんというのはすべて、そういうもんなんです」

流は竹籠を元に戻し、みすずの目をみつめた。

「ありがとうございました。あのときの先生と奥さまの思いがとてもよく分かりました。このとうじ蕎麦のおかげで、今日のわたしがあるんだということもたしかめられて、ホッとしました」

みすずは晴れ晴れとした表情を流に向けた。

「よろしおした。また食べとうなったときのために簡単にレシピを書いときました。っちゅうても、出汁の引き方と材料くらいしか書いてまへんけどな。さすがに蕎麦を打つのは大変ですやろから市販の蕎麦を使うてもろたらよろしい。とうじ籠はふたつ入れときますわ」

流が手提げの紙袋を差しだすと、腰を浮かせたみすずは両手で受けとった。

「なにからなにまでお気遣いいただき、ありがとうございます。ご苦労をお掛けして、すみません」

「こいしがあんじょうお聞きしたんで、わしはたいして苦労してまへんで」

流が苦笑いすると、みすずは帰り支度をして立ちあがった。

「合うててよかったですね」

こいしが厨房から出てきた。

「こいしさんに聞いていただいてほんとうによかったです。これでスッキリしました。この前のお食事代と併せて探偵料をお支払いします。おいくらになりますか」

みすずは黒いトートバッグから白い長財布を取りだした。

「うちは特に料金を決めてへんので、お気持ちに見合うた分をこちらに振り込んでもらえますか」

こいしが小さな白い封筒を差しだした。

「承知しました。戻りましたらすぐに」

受けとってみすずは長財布に仕舞った。

「『真如堂』と『平等院』はどないでした?」

こいしが訊いた。

「え、ええ。両方とも神々しいお寺で、別世界みたいでした」

みすずは遠い目をし、バッグから白いコートを取りだして羽織ると、食堂の玄関戸に手を掛けた。

「今日はどちらへ?」

送りに出て、こいしが訊ねた。

「特に考えてないんです」

御薗橋通の西のほうに目を遣《や》って、みすずが素っ気なく答えた。

「嵐山のほうやったら9号のバスで、堀川丸太町まで行って、丸太町通を西に向かうバスに乗り換えるのが便利ですよ」

こいしの言葉にみすずは驚いたような顔で身体の向きを変えた。

「どうして嵐山だと……」

「さっき嵐山と嵯峨野《さがの》の地図を見てはったやないですか」

こいしが意味ありげに笑った。

「今夜は嵐山のホテルに泊まるので、それで地図を見ていただけで、どこかへ行こうとは考えてません」

みすずが視線を西の方に戻した。

「嵐山のホテルっちゅうたら高級なとこが多いみたいですな。優雅でよろしいがな。わしらもいっぺん泊まってみたいもんや。なぁひるね」

こいしの隣に立つ流が、屈みこんでひるねの頭を撫でた。

「たまには贅沢《ぜいたく》もしないと、と思いまして」

みすずが背伸びして西に目を遣るが、バスは姿を現さない。

「たまに、やったらええんでっけど、最後に、て思うてはるんやったら間違《まちご》うてまっせ」

立ちあがって流が語気を強めた。

「最後だなんて、なにか勘違いなさってるんじゃないですか」

みすずは鼻で笑ったが、いらだつように足踏みをした。

「勘違いやったらええんやが。嵐山の千鳥《ちどり》ヶ淵《ふち》へ行かはっても、横笛《よこぶえ》の真似《まね》はできしまへんで」

「どうしてそれを？」

みすずは大きく目を見開き、あんぐりと口を開けた。

「お父ちゃんは元刑事なんですよ」

こいしがみすずの肩にやさしく手を置いた。

「こいしはその元刑事の娘です。この前お越しになった帰りに『真如堂』と『平等院』へお参りに行かはったんを不審に思いよったんですわ。『真如堂』の正式名称は『真正極楽寺《しんしょうごくらくじ》』、『平等院』は〈極楽いぶかしくば　宇治《うじ》の御寺をうやまへ〉ちゅうぐらい、極楽の象徴みたいなお寺や。そのふたつのお寺だけお参りに、となったら、なんぞ思い詰めてはるんやないか、とこいしが気にしよったんも当然のことですわ。それだけやったらまだしも、そのバッグのなかに入っとる地図の『滝口寺《たきぐちでら》』と『千鳥ヶ淵』に印が付いとるのを見たら、心配になりますがな」

流の言葉にみすずは肩を落とし、深いため息をついてうなだれた。

やがて姿を見せた9号のバスが、食堂の前のバス停に止まったが、みすずは身じろぎもせず、バスは走り去っていった。

「みすずさんは山ほど取材を受けはったから、細かいことは覚えてはらへんかもしれんけど、週刊誌の対談のなかで最後の晩餐《ばんさん》ていうテーマがあったでしょ。たしか三年ほど前やったと思うけど、そのなかでみすずさんは、明日地球が滅ぶと分かったら、その前の晩は蕎麦鍋を食べたいて書いてはりましたよね？」

「すっかり忘れてましたけど、そんなことを言ってたような気がします」

こいしの問いかけに、みすずがうつろな目で答えた。

「よっぽど初めて食べたときの印象が強烈やったんでしょうな」

流の言葉にみすずは小さくうなずいた。

「嵐山に行かはるんやったら『天龍寺《てんりゅうじ》』へ行ってみてください。拝観受付のところにも、お堂のなかの掛軸にも達磨《だるま》さんがやはります。なんべん転んでも起き上がってきて、厳しい修行に耐えはったそうです。いっぺん転んだぐらいでへこたれてたら、達磨さんに笑われますえ」

こいしが笑みを向けると、みすずは口元をゆるめた。

「ひとがなにを言おうが、間違うたことをしてなんだら、堂々と胸張って生きていかなあきまへん。せやないと、もっと生きとうても生きられなんだひとに申しわけが立ちまへんがな。人間そのときが来たら誰でもあっちへ行くんでっさかい。命をちゃんと使いきらなんだら極楽へは行けまへん」

流が穏やかな春空を見上げた。

「逃げちゃいけませんよね。目が覚めました」

みすずが晴れやかな顔で天を仰いだ。

「逃げたら、やっぱりなんか後ろめたいことがあったんや、て思われてしまいますやん。なんにも恥じることないんやから、堂々と歩いていかはったらええと思います」

こいしが言葉を足した。

「ほんとうにありがとうございます。ありがとう、しか言葉が浮かばないのが情けないです」

みすずの目から涙があふれ出た。

「辛いときやら哀しいときは、とうじ蕎麦を食べはったらよろしい。なんやったらうちまで来てもろたら、喜んで作りまっせ」

みすずは声を絞りだそうとするが、言葉にならず嗚咽《おえつ》をもらした。

「冬が済んだらちゃんと春が来る。嵐山の桜もぼちぼち咲くんと違いますか」

こいしがみすずに晴れやかな笑顔を向けた。

「『天龍寺』で達磨さんにごあいさつしてから、ぶらぶら歩いてきます」

みすずが笑顔で応え、到着した9号のバスに乗りこんだ。

「ご安全に」

「お元気で」

流とこいしが見送ると、みすずはバスの中で何度も頭を下げた。

やがてバスは右折し、その姿を消した。

「一件落着やな」

こいしがにこりと笑った。

「終わりよければすべて良し、っちゅうやつやな」

ふたりは食堂に戻り、仏壇に向かった。

「今回も掬子のおかげであんじょう済んだ」

正座して流がろうそくに火を点けた。

「最後の晩餐、お父ちゃんは何が食べたい？」

こいしはろうそくの火を線香に移した。

「張り込みの夜に掬子が持たしてくれよった塩にぎりやな」

流は掬子の写真を見上げた。

「お母ちゃんのおにぎりはほんまにおいしかったな。なんにも具が入ってへんけど、特別なごちそうやった」

こいしが目をとじて手を合わせた。

第四話　ホットドッグ

1

今にも降りだしそうな梅雨空《つゆぞら》を見上げて、来栖妙《くるすたえ》はかすかに顔を曇らせた。

「梅雨やさかいしょうがおへんけど、うっとうしい空ですな。朱の鳥居にはやっぱり青い空やないと」

「そうかしら。灰色をバックにしたほうが朱色が落ち着いて見えるじゃない」

おなじ空を見上げながら、与田絹子《よだきぬこ》は頬をまるくした。

「絹ちゃんは相変わらずやな。なんでもええほうにとらえるてなこと、わたしには真似《まね》できしまへん」

妙が一礼してから『上賀茂神社』の一の鳥居を出た。

妙は今年初めて単衣《ひとえ》の久米島紬《くめじまつむぎ》に袖を通し、白地の帯を合わせた。

「そのほうが楽でいいのよ」

淡い紫色の江戸小紋を着た絹子が、妙に続いて鳥居をくぐった。

世界遺産にも登録され、観光客にも人気が高い『上賀茂神社』だが、さすがに梅雨どきともなると参拝客も少ない。あっけないほど早くふたりは参拝を済ませた。

「静かなお社《やしろ》でしたね。うちの近所の八幡《はちまん》さんなんて、いつもひとであふれてますよ。世界遺産でもないのに」

絹子が参道を振りかえった。

「お正月やとか、春秋の観光シーズン以外は、たいていこんなもんどす。鎌倉《かまくら》と違《ちご》うて京都は世界遺産もようけありますさかい、観光客も分散しますねん」

妙は絹子に笑みを向けてから、振り向いて一礼した。

「はいはい。京都には敵《かな》いませんせん」

絹子が肩をすくめた。

神社を離れたふたりは御薗橋をわたり始めた。

「やっぱり鴨川はいいわねぇ。北を向いても南を向いても、どっちも絵になる景色」

橋の半ばまで歩くと絹子が立ちどまった。

「鎌倉にも川が流れてますやんか。鎌倉駅のすぐ南の」

絹子の隣に立った妙が流れを見下ろした。

「滑川《なめりがわ》のこと？　比べるまでもないわ。ぜんぜん絵にならないし。川底も見えないし、なんか澱《よど》んでるのよね」

絹子は顔をしかめながら歩きだした。

「まぁ京都は千年の都でっさかいにな。てわたしが自慢するのもヘンどすけど」

妙があとに続いた。

「妙さんもすっかり京都人ね。イケズもしっかり身についたんでしょう」

「とんでもおへん。あれはマスコミが作りだした虚像やて、なんべんも言うてるやないですか。京都のひとはみなやさしおっせ」

妙は小鼻を膨らせた。

「そうは言われてもね。京都に来るときはいつもおそるおそるなのよ。今日だって内心はドキドキしてるんだから」

　ふたりは御薗橋をわたり切った。

「心配要りまへんて。流さんはイケズとは正反対のひとですさかい」

「でも元刑事で今は探偵。だけじゃなくて腕利きの料理人でもあるんでしょ？　怖がるなっていうほうが無理よ」

　妙に先導されて絹子は周りを見ながら、御薗橋通を西に向かってゆっくり歩いている。

「鎌倉から友だちが来るて言うたら、ぜひわしの料理を食べてもろてください、て流さんから言うてくれはった。ありがたいことですがな」

「そこが心配なのよ。ほら、京のぶぶ漬け伝説って有名でしょ。お誘いを真に受けちゃダメだって」

「まぁ行ってみたら分かることやさかい。『鴨川食堂』はあれですねんよ。料理をいただくのは裏の離れですけど」

　妙が通りの先を指さした。

「まさか冗談じゃないわよね。聞きしに勝るってこういうことかしら。京都屈指の料理人さんのお店にはまったく見えない」

足を止めた絹子は茫然《ぼうぜん》とした表情で『鴨川食堂』の外観を見ている。

「これでも前の店に比べたら、お店らしいかまえになったんどすえ」

妙が『鴨川食堂』の前に立った。

「京都ってよそものにはなかなか理解できないのに、妙さんはしっかり馴染《なじ》んじゃったわね」

「おかげさんで」

苦笑いして妙が店の引き戸を開けた。

「おこしやす」

間髪をいれず声が掛かった。

「こいしちゃん、おおきに。ちょっと早いけどよろしいやろか」

「大丈夫。朝早《はよ》ぅからお父ちゃん気張って準備してはったさかい」

ブラックジーンズに白いシャツ、黒いソムリエエプロンという、いつものいでたちで鴨川こいしが厨房《ちゅうぼう》から出てきた。

「あなたがお嬢さんね。与田絹子と申します。愉《たの》しみにしてまいりました」

妙の後ろから絹子があいさつした。

「はじめまして、鴨川こいしです。妙さんからお話は聞いてます。どうぞゆっくりしていってください」

「あれ？　今日は食堂お休みですのんか？」

店のなかを覗《のぞ》きこんで妙が訊《き》いた。

「昨日今日とお休みもろてます」

いくらか沈んだ声でこいしが答えた。

「浩さんの調子でも悪いんどすか？」

妙が訊いた。

「調子はええんですけど、わけあって能登《のと》の穴水《あなみず》に行ってますねん」

声を落としてこいしが答えた。

「穴水て浩さんのむかしの彼女がおいやすとこですやろ。お正月の地震でえらい被害に遭わはったて聞きましたけど、そのことで？」

「そうです。浩さんの初恋相手やった奥田早苗《おくださなえ》さんが、家の下敷きになって大けがをしはったていうお話はしましたよね」

「それは聞きましたえ。早苗さんが勤めてはった食堂も全壊してしもて、えらいこっちゃって」

「あの食堂を建て替えて営業を再開しはることになったんやけど、早苗さんは車椅子生活やさかい、いろいろ設備が大変らしいんやわ。それで浩さんが厨房の設計をアドバイスしに行ってはるんです」

こいしは浮かぬ顔をして、カウンターを拭いている。

「なんやしらんけど複雑な話やこと。男はんとしてのケジメを、もうちょっと早いことつけといたらよかったのに」

妙が語気を強めた。

「うちもそう言うてきたんですけど。こんなことになってしもてから、手助けやていうてもただの同情にしか思われへんのと違う？　て言うてるんです」

「焼け木杭《ぼっくい》には火が付き易《やす》いて言いますんやで」

妙が小鼻を膨らませた。

「なるようにしかならへんと思うてます」

こいしが小さくため息をついた。

「なんのことやらさっぱり」

絹子が首をかしげた。

「絹ちゃん、ごめんごめん。あとでゆっくり説明しますわな」

「妙さん、うちらのことはよろしいやん。お父ちゃんも迎えに来はったし」

こいしの視線の先に流の姿が見えた。

「妙さん、ようこそ。お待ちしとりました」

藍地《あいじ》の作務衣《さむえ》とおなじ色の和帽子を取って、鴨川流が妙と絹子に頭を下げた。

「早ぅからお邪魔してすんませんなぁ。こちらが与田絹子さん。鎌倉からお越しになりましたんや。と言うても元々は武蔵野《むさしの》婦人ですけどな」

「妙さん、余計なことは言わなくていいの」

絹子が妙をにらんだ。

「どっちにしても遠いとこをようこそ。鴨川流です。妙さんにはひとかたならん世話になってます」

「それはこっちのセリフですがな」

妙が流の背中を叩《たた》いた。

「お言葉に甘えてまいりました。不調法なものですから失礼がありましたらお許しくださいませ」

絹子はゆっくりと頭を下げた。

「こちらこそです。ほな早速離れのほうに行きまひょか」

流が和帽子をかぶった。

「片付けが済んだら手伝いに行きます」

こいしが見送った。

流が先を歩き、妙と絹子がそのあとを追う。

駐車場を抜けて食堂の裏手にまわると、表通りとはがらりと様相が変わる。

「素敵なおうちだこと。こういうのを京町家って言うのかしら」

離れを見上げて絹子が歓声をあげた。

「町なかの雅な京町家とは違いまっけど、鄙《ひな》びた良さがありまっしゃろ」

流が振り向いた。

「なんとなくだけど、妙さんのおうちに似ているような気がします」

「わしの勘でっけど、おんなじ棟梁《とうりょう》が建てたように思いますな」

絹子の言葉に流が応じた。

「『上賀茂神社』さんも二十一年にいっぺん式年遷宮せんならんさかい、この辺にはようけ宮大工さんがおいやしたんどすやろ」

妙が付け加えると、流が立ちどまった。

「妙さん、ほんまに京言葉がおじょうずにならはりましたな。今どきの京都人よりよっぽど京都らしい」

「おおきに。流さんにそないほめてもろたら照れますがな」

妙がほほを赤く染めた。

「どうぞお入りください」

流が枝折戸《しおりど》を開けてふたりを招いた。

「なんだかお茶会みたいね」

絹子が妙に顔を向けた。

「よう手入れしてはるわ。植垣《うえがき》さんに頼んではるん？」

「さすが妙さん。ずばりですわ。植垣はんはなんにも言わんでも、ええ庭に仕立ててくれはるんでありがたい思うてます」

目を細めて流が庭を見まわした。

「なにからなにまで京都流ですね。一般のおうちにまで庭師さんが手を入れてらっしゃる」

絹子は背伸びをして庭を覗きこんでいる。

「その分もの入りでっけどな」

苦笑いして流が玄関戸を開けた。

「おじゃまします」

妙が敷居をまたぐと絹子がそれに続いた。

「すぐに用意しまっさかい、腰かけて待ってとぉくれやす。お酒はどないしまひょ」

上がりこんで流はふたつの椅子を引いた。

「鎌倉の古民家レストランとはぜんぜん違うわね」

絹子は家のなかをゆっくりと見まわしてから腰をおろした。

「なんでもかんでも京都と比べるのはやめときなはれ。鎌倉には鎌倉のよさがあるんでっさかいに」

少し遅れて妙が椅子に腰かけた。

「お酒はまかせてもらえまっか？」

ふたりに茶を出しながら流が訊いた。

「もちろんですがな。絹子さんもお酒はお好きやさかい」

「好きは好きだけど、妙さんみたいに強くないので、そこのところはよろしく」

「承知しました。絹子はんは苦手なもんとかアレルギーはおへんか？」

「なんでもおいしくいただきます」

絹子が笑みを向けると、流は台所に向かった。

「さぁ、今日はどんな料理を食べさせてくれはるんやろ」

妙が裾を直した。

「そうそう。言い忘れてたけど、わたし最近めっきり食が細くなって、あんまり量は食べられないのよ。残しちゃ申しわけないから言っておかないと」

絹子が腰を浮かすと、妙がそれを制した。

「大丈夫、心配おへん。そのへんは流さんもようよう分かってはるさかい、ちゃんと量も加減してくれはるはずどすえ」

「信じていいのかしら。京都のお店って……」

「まだ言うてはりますのか」

あきれたように妙が声をあげて笑った。

「にぎやかでよろしいな。とりあえずお酒をお持ちしました。『神蔵《かぐら》』の純米です。今日は蒸しますさかい、ちょっとだけ冷やしてます。冷たすぎるようやったら、しばらく置いといてから召しあがってください。すぐに料理をお持ちします」

藍色の切子のグラスをふたつテーブルに置いて、流は台所に戻っていった。

「こんなええ匂いさしてるお酒を置いとけますかいな。いただきまひょ」

「そうね。これぐらいの冷たさなら」

グラスを手にしたふたりは、掲げあってから口元へ運んだ。

「おいしい」

同時に声を上げたふたりは、顔を見合わせて笑った。

「お待たせしました。八寸てなたいそうなもんやおへんけど、旨《うま》いもんをちょこちょこっと盛り合わせました」

染付の角皿を運んできた流は、ふたりの前に置いた。

「おいしそうだこと」

絹子が舌なめずりした。

「簡単に料理の説明をさせてもらいます。角皿の左上は鱧《はも》皮とゴーヤの香草炒《いた》め。その右はすっぽんの煮凝《にこご》り、その右は牛ヒレの竜田揚げ。どれも味が付いてまっさかい、そのまま食べてください。真ん中の段の右手は小柱のかき揚げ。抹茶塩を振って召しあがってください。中段の真ん中は鱧の小袖寿司《ずし》、その左は鴨《かも》ロース、横に添えてある芽ネギを巻いて食べてもろたらおいしおす。その下はヨモギ麩《ふ》の田楽、その右は明石蛸《あかしだこ》の旨煮、その右は賀茂茄子《かもなす》のフライ。どれも味はついてます。どうぞごゆっくり。お酒がなくなったら声掛けてください」

説明を終えて流が一礼した。

「妙さんから聞いてた以上ね。こんなお料理見たことないわ」

角皿を見まわしながら絹子が目を輝かせた。

「いただきまひょか」

妙が手を合わせると、あわてて絹子が続いた。

「なにからお箸を付ければいいのか迷っちゃうわね。迷い箸なんてお行儀悪いんだけど」

「ふたりだけやさかい、堪忍してもらいまひょ」

しばらく迷い箸をしてから、ふたりはそれぞれ箸を伸ばした。

「賀茂茄子は田楽に限ると思うてましたけど、フライもおいしおす。味噌《みそ》を挟んで揚げるてな小技が流さんの真骨頂やわ」

妙が最初に箸を付けたのは賀茂茄子のフライだった。

「鱧の皮は胡瓜《きゅうり》と酢の物にしたのは何度か食べたけど、ゴーヤもよく合うのね。苦味がとってもいいわ」

絹子がほっこりと笑った。

「この『神蔵』ていうお酒がまた、料理によう合うこと。さすが流さんや」

妙は切子のグラスを手にし、感心したように首を縦に振った。

「飲みすぎないように気を付けなくちゃね」

絹子がグラスをゆっくりと斜めにした。

「遅ぅなってごめん」

息せき切ってというふうに、こいしが部屋に飛び込んできた。

「騒がしいやっちゃな」

台所から首を伸ばして、流が眉にしわを寄せた。

「すんません。遅れてしもうたもんやさかい」

身を縮めるようにして、こいしが声を落とした。

「こいしちゃんらしいてよろしいがな」

妙がこいしに笑みを向けた。

「おいしくいただいております」

絹子がグラスを掲げた。

「お酒は何飲んではります？」

「『神蔵』みたいでっせ」

こいしの問いかけに妙が答えた。

「ええなぁ。うちも大好きなお酒ですねん」

こいしが生唾を呑《の》み込んだ。

「仕事したら一杯飲ませたるさかい。これを庭へ運ぶのを手伝《てつど》うてくれるか」

「よっしゃ分かった」

こいしはシャツの袖をまくった。

「何をなさるんです？」

絹子が腰を浮かせて台所を覗きこんだ。

「ええ鮎《あゆ》が入ったんで塩焼にして食うてもらお思うてます」

流とこいしはコンロを載せた小さなテーブルを庭に運んでいる。

「秋刀魚《さんま》ほどやないけど、鮎も脂がのってたらよう煙が出ますしな。わたしらが着物着てるさかい、流さん気ぃ遣《つこ》うてくれてはるんやわ」

「お庭で鮎を焼くなんて粋な趣向ですわね」

「ほんま、ぜいたくなことですわ」

絹子と妙は庭に目を遣《や》って、成り行きを見守る。

「炭火でじっくり焼きますんで、ちょっと時間をいただきます。こいしに番をさしといて、そのあいだに次の料理を仕上げます」

流はまた台所に向かった。

「ゆっくりでよろしいえ。年寄りふたりはなんにも予定ありまへんさかい、ちっとも急ぎまへん」

妙が台所に向かって首を伸ばした。

「何回聞いても理解できないんだけど、鴨川さんは元刑事でいらして、今は探偵業をなさっているんでしょ。それなのにプロの料理人さんが裸足《はだし》で逃げ出すような、こんな素敵な料理をお作りになる。話がつながらないと思うんだけど」

庭で鮎を焼くこいしと、台所に立つ流を交互に見ながら、絹子が何度も首をかしげた。

「謎やていうたら謎やけど、なるべくしてそうならはった、ていうたらそうやし。絹ちゃんが不思議に思うのも無理ないわなぁ」

妙がグラスをかたむけた。

「この時季の京都っちゅうたら、なんというても鮎と鱧。ぬく鱧をお持ちしました。熱いうちに食べてもらわんとあきまへんさかい、椀《わん》のふたを開けたら、すぐに食べとぉくれやっしゃ。右手で持ったお箸の先にちょこっと柚子胡椒《ゆずこしょう》を付けて、左手でふたをはずして湯気が上がってるとこを、パクっといってください」

流がふたりの前に溜塗《ためぬり》の黒漆椀を置いた。

「ぬく鱧っちゅうことは、お吸いもんと違うんどすな」

「なんだか緊張するわね」

妙と絹子は箸を手にして、左手の指を椀のふたに掛けた。

「どうぞ」

流が声を掛け、ふたりが椀のふたをはずすと、ほんのり湯気が上がった。

「きれいだこと」

目を細めた絹子が鱧を口に運んだ。

「牡丹《ぼたん》鱧てよう言うたもんどすな。白い牡丹の花が咲いたみたいな眺めや」

箸で持ち上げた鱧を一瞬眺めてから、妙は急いで口に入れた。

「もうひと切れありまっさかい、椀はそのままにしといとぅくれやっしゃ」

流はきびすを返した。

「鱧って骨の多い魚だって言うじゃないですか。なのにまるで骨なんか感じない。どうすればこんなにふわふわになるのかしら。綿を食べてるみたい」

絹子がうっとりと目を閉じた。

「骨切りを上手にしといやすんやろなぁ。ほんまにやわらかおすなぁ」

妙が箸を置くと、流が雪平《ゆきひら》鍋を手にして傍らに立った。

「今日は骨切りやのうて、骨抜きです。ピンセットで抜いたんですわ」

流はふたりの椀に鱧をひと切れずつ入れた。

「ひぇえ。あないようけある小骨を一本ずつ抜くんどすか。えらいお手間入りどすがな」

「想像もできませんわ。気が遠くなるような作業ですね」

ふたりはあっという間にふた切れ目を食べ終えた。

「ふたり分やさかいなんとか。四人以上やったら断りますわ」

流が苦笑いした。

「ありがたいこっちゃ」

妙が両手を合わせた。

「ぼちぼちええんと違うかな。お父ちゃん見てくれる？」

庭からこいしが声を響かせた。

「すぐに行くわ」

慌てて流が鍋を置きに台所へ急いだ。

「しつこいようだけど、どうしてこんな料理ができるのかしら。だって探偵の仕事って外へ出かけることが多いでしょ。尾行したりとか張り込みをしたりとか、料理をしてるヒマなんてないじゃない」

絹子が椀のふたを閉じた。

「そうか、絹ちゃんには探偵としか言うてなかったんどすな。流さんはそういう探偵やおへんの。ひと捜しはやらへん、食捜し専門の探偵ですねん」

「どういうこと？　お仕事を捜す探偵ってこと？」

「その職と違います。食べもんの食どす。むかし食べた食やとかで、もういっぺん食べたいていう食を捜しだして、依頼人の願いを叶《かな》えたげる、そういう探偵どすねん。ひと捜しとかはしはりまへん」

「食捜し専門の探偵さんがいらっしゃるなんて知らなかったわ。なんとなく分かったような気もするけど、ひとを捜さずにどうやってその食を捜しだすのかしら。疑問に思うわね」

　絹子はまだ納得できないといった顔つきで、庭に視線を移した。

「そらまぁ、わたしかて不思議に思うてることはありますすけど」

　妙は小鼻をゆがめて襟元を直した。

「二匹ずつお出ししますけど、まだ鮎を生かしてまっさかい、足らんかったら遠慮のう言うてくださいや」

　流は織部《おりべ》の長皿に鮎の塩焼を二匹ずつ載せ、青柚子を添えてふたりの前に置いた。

「思ったより小さい鮎なんですね」

絹子が皿を手前に引き寄せた。

「これぐらいの小ささやったら、骨を気にせんと頭からかぶれるさかいええんです。頭もよう焦がしてくれてはるわ」

妙は鮎を箸で取り、頭からかじった。

「むかしから鮎の塩焼には蓼酢《たです》と決まっとるんでっけど、この鮎やったら青柚子をちょこっと絞ってもろたほうがええやろと思うて」

「たしかにそうどすな。むかしは鮎ももっと大きいて、骨を抜くのにも苦労したもんや。ねっとりした蓼酢もよろしいけど、鮎より蓼の味がきつう感じました」

妙は二匹目に箸を伸ばした。

「鮎ってこんなに軽やかな魚だったのね。まったく思い違いをしてたわ。ずいぶんむかしのことだけど、洛北貴船《きぶね》の川床《かわどこ》で食べた鮎は、見た目も味もどんよりとしていて、あれ以来川魚は敬遠してきたの」

絹子は鮎を嚙《か》みしめて、じっくりと味わっていた。

「むかしと今では味も形も違う、っちゅうのはようあることです」

流の言葉を聞いて、絹子は口の動きを止め、宙に目を浮かばせている。

「どないしたん？　小骨でも喉に刺さった？」

心配そうに妙が絹子の顔を覗きこんだ。

「飯持って来まひょか。ちょっと丸めて呑みこんだら骨が取れまっせ」

流が台所に向かおうとしたのを絹子が止めた。

「違うんです。喉じゃなくてここ、胸に刺さったんです。流さんのお言葉が」

絹子は帯の上を手のひらで押さえた。

「どういうことです？」

妙が訊いた。

「むかしと今では味も形も違う。たしかにそうかもしれないけど、むかしのままの食べものを食べてみたいと思ったの。あのときの……」

絹子が庭に視線を移した。

「なんやったら捜しまひょか。わしの本業でっさかい」

冗談めかした口調で流が言った。

「お願いします。捜してもらえますか」

絹子は立ちあがって流の顔を正面から見た。

「急にどないしたん？　えらい勢いやないの」

妙が大きく目を見ひらいた。

「思いだしたのよ。ずっと気になっていた食があったことを。前にも妙さんに話したでしょ？　ホットドッグのこと」

「あの話ですかいな。それやったら捜すのやめときなはれ。ちっともええ思い出やないんやさかい」

顔をしかめて妙がそっぽを向いた。

「どうして？　わたしにとっては武蔵野時代の懐かしい思い出なのよ。妙さんは、どうして彼を悪者だと決めつけるの」

絹子は血相を変えて声をあげた。

「また繰り返してはる。わたしだけやおへん。みんなおんなじこと言うてますやろ。どう考えても詐欺師の一味ですがな」

妙が語気を強めた。

「なんや分かりまへんけど、詐欺てな言葉が出てきたら、元刑事としては聞き過ごすわけにいきまへんがな。食を捜す捜さんは横に置くとして、お話を聞かせてもらえまっかいな」

ふたりのやり取りを聞いていた流が口をはさんだ。

「さすがに流さんの言わはることやったら、頑固な絹ちゃんも聞かはるやろ。あんじょう聞いてもらいなはれ」

「わかった。流さん、聞いていただけますか？」

絹子が流に向きなおった。

「今日の〆《しめ》は鱧の源平《げんぺい》寿司でっさかい、すぐにお出ししますわ。食べてもらいながらお話を聞かせてもらいます」

流が台所に向かった。

「さっきはつい、やめときなはれと言うたけど、絹ちゃん、よう思いつかはったなぁ。ちょうどよろしいやん。これであきらめがつきますやろ」

妙がホッとしたような顔つきでグラスをかたむけた。

「妙さん、その逆よ。あきらめかけてたけど、少しばかり光が見えてきたわ」

「ほんまにあきらめの悪いひと。まぁ、よろしいわ。流さんが引導わたしてくれはるやろさかい」

妙は憮然《ぶぜん》とした表情でため息をついた。

「お待たせしました。鱧の源平寿司。白焼とタレ焼の二種類を小袖の棒寿司にしました。どうぞつまみながらお話をしてください」

古伊万里《こいまり》染付の角皿に鱧寿司を載せ、取り皿とともに流がふたりのあいだに置いた。

「タレ焼はよういただきますけど、白焼はめずらしおすな。どんなお味なんやろ」

妙が白焼の鱧寿司を指でつまむと、絹子があとに続いた。

「ほんのり甘くておいしい」

絹子が大きく目を見開いた。

「白焼のほうは焼いてから蒸してます。それから酒とみりんに漬けて、もういっぺん焼いてます」

「お手間入りですがな。おいしいはずや」

白焼を食べ終えた妙は、タレ焼のほうに手を伸ばした。

「ほんで絹子はんはどんなホットドッグを捜してはるんです？」

流が作務衣のポケットから手帳を出して開いた。

「どうぞお座りになってくださいな」

腰を浮かせて絹子が手のひらを前に向けた。

「ほな失礼して」

流はテーブルをはさんで向かいにすわった。

「十五年ほど前に食べた、おいしいおいしいホットドッグを捜していただきたいの」

絹子が居住まいをただして、流の目をまっすぐ見つめた。

「十五年前ですか。ハンバーガーに押されて影が薄ぅなってまっけど、ホットドッグはたまに食いとぅなります。どこで召しあがったんです？」

流が訊いた。

「あるひとがお土産に持ってきてくださったんです。ちょうどお昼どきだったので、家でふたりでいただきました」

「差し支えなかったら、その、あるひとのことをもうちょっと聞かせてもらえまっか」

流が短いペンをかまえた。

「それが詐欺師の一味ですねん」

横から妙が口をはさんだ。

「妙さん、あなたは黙ってて。余計なこと言わずにお寿司を食べてればいいの」

語気を強めた絹子は、険しい顔を妙に向けた。

「はいはい。口にチャックしときます」

妙が唇をとがらせた。

「今は鎌倉に住んでいるんですけど、以前は武蔵野に住んでました。二十年近く前に主人を亡くしましてね。ひとり暮らしを続けていたんです。主人の実家は古い家でして、今だと築八十年ほど、十五年前でも七十年近く前に建ったものですから、あちこち傷んでいました。あるとき近所で工事をしているという方が訪ねてこられましてね、屋根が傷んでいるから、早く修繕したほうがいいと親切に教えてくださったんです」

なにかを言いたげにしている妙を手で制して、絹子は話を続ける。

「梯子《はしご》を持ってきて、わざわざ屋根の上に上って写真を撮ってくださって。それを見るとたしかに瓦がずれていて小さな穴が空いているんです。このまま放っておくと雨漏りがするようになる。ちょうど近所で工事をしているから、ついでに直してあげましょうか、と親切に言ってくださったんです。近くの工事のついでだから安くしときますよ、と言ってくださったんで、一も二もなくお願いしました」

前のめりになっていた絹子が、ひと息つくようにグラスに手を伸ばした。

「どこぞで聞いたことあるような話ですな」

流が小首をかしげると、我が意を得たとばかり妙は小さく手を打った。

「そうですやろ。ようある詐欺話ですがな」

「妙さんは黙ってて、って言ったでしょ」

絹子が手のひらで制した。

「ほんで屋根の工事をなさったんでっか」

「もちろんです。何しろ古い家ですし、わたしひとりで住んでいるのですから、雨漏りでもしたら大変でしょ。お見積りの金額も妥当だったのですぐにお願いしました」

「そのあと雨漏りはせなんだんでっか？」

「はい。それ以来一度も雨漏りしませんでした」

「でした、て過去形でおっしゃったということは……」

流は手帳から絹子へ視線を移した。

「修繕をして二年ほど経《た》ったころ、占いをやっている友だちが、すぐに南のほうに住まいを移したほうがいい、そうでないと大病を患うって教えてくれたものだから、家を売って鎌倉に引っ越したんです」

「またアヤシイ話ですやろ？　その占い師のひとは、引っ越し先のことは誰にも言うな、言うたら災いが付いてくる、てなことまで言うてはったんですて。そんなことしたら悪いことして夜逃げするみたいに思われますがな。絹ちゃんはすぐひとの言うことを信じてしまわはりますねん」

妙が流の耳元でささやいた。

「妙さんがひとを信じなすぎるのよ。ふつうはひとに忠告されたら素直に信じるものよ」

絹子はむくれ顔を妙に向けた。

「修繕の工事費は法外な金額でもなかったんですな」

「はい。法外どころか、思ったより安い金額で済みました。それに、家を売ってくれた不動産屋さんの話だと、屋根をリフォームしたので高く売れたということでしたし、すごく得した気分だったんです」

「それやったらよろしいやないか。詐欺商法やのうてよかった」

流が手帳をテーブルに置いた。

「でしょ？　良心的な業者さんで本当によかったと思っているんです」

流の言葉を聞いて、絹子は鼻を高くした。

「それだけで終わってたら、ですがな。その続きも隠さんと聞いてもらいなはれや」

鱧寿司を食べながら妙が口を挟むと、絹子は曇らせた顔をテーブルに向けた。

「続きがあるんでっか？」

手帳を取って、流が絹子の顔を覗きこんだ。

「ええ。屋根の修繕をしていただいたのは、リフォームの会社に勤めておられた上村《うえむら》享一《きょういち》さんとおっしゃる若い男性だったんです。とっても人懐っこい方で、屋根の修繕中も、修繕が済んでからも、何度となく、手土産にホットドッグを持って来られました。たいていお昼どきだったので、お紅茶を淹《い》れて一緒にお昼を食べました。享一さんはとても聞き上手な方で、亡くなった主人のことや、わたしの暮らしのことなど、親身に聞いてくださいました。わたしも享一さんのことをお聞きしているうち、妹さんが難病を患ってらっしゃることが分かったんです。手術をしなきゃいけないんだけど、高価な手術代が必要で困っているというお話でした」

絹子が声を落とした。

「どっかで聞いたことある話や思いますやろ。テレビでもようやってますがな。ナンチャラ詐欺」

妙が眉をひそめると、絹子は血相を変えて反論した。

「なぜそう決めつけちゃうの？　じゃあ、難病の妹さんを抱えて困っているひとは、ひとり残らず全員が詐欺師なの？　そんなわけないでしょ。そりゃあそういう嘘《うそ》をついて詐欺をはたらくひとも居るかもしれない。でもみんながみんな詐欺師じゃない。享一さんは詐欺をはたらくようなひとではありません。わたしだって伊達《だて》に歳《とし》を重ねてきたわけじゃない。ひとを見る目は人並みに養ってきたつもりよ。そもそも会ってもいないのに、妙さんはどうして享一さんを詐欺師呼ばわりするの」

一気に語って絹子は大きく肩で息をした。

「話の続きを聞かせてもらえまっか？　そのあとどうなったんか」

「妹さんの手術費用を集めていると享一さんがおっしゃったから、よかったら少しだけどお手伝いしましょうかと申し上げました」

「そしたら？」

流はペンを持つ手に力を込めた。

「とんでもないとおっしゃって固辞なさったんだけど、これもなにかのご縁ですからぜひ、とわたしがしつこく食い下がったものだから、じゃあ借用書を交わして、お借りするということでお願いできますか、というお話になったんです」

「つまりお金を貸さはったんですな。いくらです？」

流が訊くと絹子は片手を広げて見せた。

「五十万でっか？」

「それくらいやったらええんですけど、五百万でっせ」

妙が高い声をあげた。

「そら大金ですな」

流が手帳にペンを走らせた。

「たしかに少額ではありませんが、主人が潤沢にお金を残してくれましたし、贅沢《ぜいたく》もしませんでしたから、痛痒《つうよう》を感じるほどの金額ではありませんでした。それに差しあげるんじゃなくてお貸しするだけだからと思って」

「なるほど。その借金を享一はんっちゅう方が返しとられたら、妙さんが詐欺師呼ばわりすることはないいんやさかい、貸したままになっとるんですな？」

流の問いかけに絹子は伏し目がちにうなずいた。

「五百万も借りといてでっせ、十五年も経ってまだ返さへんていうのは、借金やのうて騙《だま》し取ったんも一緒ですがな」

妙が鱧寿司を口に入れた。

「常識的には妙さんの言うとおりになりますな。ずっとなしのつぶてでっか？」

「お便りはいただきました。無事に手術の日程が決まりそうだと書いてらして、そのあとは……」

絹子はテーブルに目を伏せた。

「間違いのう詐欺ですがな。五百万騙し取られたんやて、はっきり自覚せなあきまへん」

妙は憤慨している。

「向こうには向こうの事情があるのよ、きっと。妹さんのこともだけど、享一さん自身もお困りになっているかもしれないし。ねぇ、流さん」

絹子は流に視線を向けた。

「難しい問題ですな。お金を貸さはったご本人が詐欺やと思うてはらへんのやさかい。かと言うて返さんままでええっちゅうもんでもない。交わした借用書ですが、いつまでに返すとか、具体的に約束しはりましたか？」

「いいえ。期日までは書いてもらってません。いつでもいいわよ、とわたしから言ったものですから。ただ、もらったのではなく借りたお金だということを書いてもらっただけ」

絹子がさらりと答えた。

「この話をしだすと、いっつも堂々巡りになるんですわ」

妙が両手のひらを天井に向けた。

「ところで絹子はんは、なんでそのホットドッグを捜してみようと思わはったんです？」

流が訊くと絹子はグラスの酒を一口飲んでから口を開いた。

「わたしももうこの歳だし、そろそろ主人のところへ行かなきゃいけない。亡くなってからあと、わたしがどんな暮らしをしていたかも、向こうで話さないといけないでしょ。特に思い出に残っていることって何かしら。そう考えるとあのホットドッグが浮かんできたんです。こんな年寄りに、ふつうはホットドッグなんて持ってこないでしょ？　それもなんだか微笑《ほほえ》ましかったのと、なによりおいしかったの。若いときに主人と一緒に湘南《しょうなん》の海の家で食べたときのことを思いだしたりして。あんなに心が休まったことって、滅多になかったものですから」

　絹子は遠い目を庭に向けた。

「なるほど。冥土《めいど》への土産話のひとつとして、そのホットドッグをもういっぺん食べときたい。そういうことですな？」

「はい。ほんとうを言えば享一さんのことも捜して欲しいけど、ひと捜しはなさらない、って妙さんからさっき聞きましたし」

　絹子は流の顔色をうかがっている。

「肝心のホットドッグでっけど、どんな感じでした？　覚えてはることだけでええんで教えてもらえまっか」

　顔色ひとつ変えることなく、流は手帳のページを繰った。

「コッペパンっていうのかしら。細長いロールパンに切り目が入っていて、焼いた長いソーセージと炒めたキャベツが挟んでありました。カレーの味がしたような記憶があります。享一さんがこれを付けるとおいしいと言って、ケチャップとマスタードをわたしてくれたので、それを少し付けるとほんとうにおいしかった。洗練された味じゃなくて、ちょっと泥臭い感じが新鮮でした」

「まぁ、取り立てて特徴のない、ふつうのホットドッグですなぁ。なんぞ変わった点はありまへんでしたか？」

「そうかしら？　ホットドッグってふつうはレリッシュとかザワークラウトなんかが入っているでしょ？　炒めたキャベツってめずらしい具だと思いましたけど」

絹子は不服そうに唇をとがらせた。

「ここだけはわたしも絹子はんと一緒。ホットドッグていうたらレリッシュどすやろ。キャベツの炒めたんやなんて荒《あら》けのおすがな」

妙が絹子に同意した。

「なんとのう分かってきました。絹子はん、その享一さんっちゅう方は関西人やなかったですか？」

「お訊《たず》ねしたわけではないので、定かではありませんが、言葉のイントネーションなんかからすると、おそらく関西の方だったように思います」

「長いこというか、京都に来てホットドッグを食べた記憶がありまへんのやけど、関西のホットドッグはキャベツを使うのがふつうなんどすか？」

「ふつう、っちゅうわけやおへんけど、わしらぐらいの歳の関西人やったら、たいてい食うた覚えがあるはずですわ」

「だったら捜してもらえそうですね」

絹子が前のめりになった。

「なんとかなるんやないかと思います」

流が苦笑いで応じた。

「けど、そない関西で一般的やったんやとしたら、似たようなもんしか見つからへんのと違いますやろか」

妙が疑問を投げかけた。

「わしも長いことこの仕事やってきてまっさかい、そこは案じてもらわいでもええ思います」

自信ありげに流は胸を張った。

「たのもしいこと」

絹子が目を細めると、流は言葉を足した。

「ただし、もうちょっとその享一はんやとか、リフォーム会社やとかのことを詳しいに聞かせてもらわんなりまへんけどな」

「もちろんです。覚えていることはすべてお話ししますし、借用書だとか残っている書類なんかも、鎌倉に戻ったらすぐにお送りします」

「ちょっとでもヒントが多いほうが正確に捜せまっさかい、よろしゅう頼んますわ」

流が作務衣のポケットに手帳を仕舞った。

「ちょっと庭に居てるあいだに、えらい話が進んだみたいですね。ホットドッグてしばらく食べてへんなぁと思うて聞いてました」

庭から戻ってきたこいしが妙の傍らに立った。

「流さんからあとで聞いてもろたらええけど、あんまり気乗りする話とは違いますねん。そうは言うてもこうなったら、ちゃんと捜してもろて引導をわたしたげたほうがええやろさかい、こいしちゃんもよろしゅう頼みますえ」

横で聞いていた絹子は、妙を一瞥《いちべつ》したあと、こいしに頭を下げた。

「妙さんはこう言ってますけど、なにとぞよろしくお願いしますね。冥土へのおみやげですから」

絹子が苦笑いを浮かべながら、こいしに頭をさげた。

「こういうのを遠慮のかたまり、て言いますやろ。絹ちゃん、どうぞお食べやす。わたしはようけいただきましたさかい」

　皿にひと切れ残った鱧寿司を妙が指さした。

「お話をしたらすっきりしてお腹《なか》が空《す》きました。じゃあ遠慮なくいただきますね」

　絹子が指でつまんで鱧寿司を口に運んだ。

「思わんことになってしもうたけど、お料理には大満足です。こいしちゃん、お勘定を」

　妙は巾着袋から財布を取りだした。

「妙さん、それはダメ。探偵のお願いもしたんだから、今日のお勘定はわたしが」

　絹子は慌てて鱧寿司を呑み込んで、織物のバッグから財布を取りだした。

「お父ちゃん、どないしよ」

　こいしが流に救いを求めた。

「ほな、両方とももろときまひょか」

　流が両手を広げた。

「そんなんずるいわ。お父ちゃんは絹子さんからもろて、うちは妙さんからもらう。これで一件落着やんか」

　こいしの言葉に、妙と絹子は同時に笑い声をあげた。

「なんだか親子漫才みたい。ほんとうに息がぴったり合うんですね」

絹子がやわらかい笑みをふたりに向けた。

「そんなことないんですよ。いっつもけんかばっかりですねん」

「親子でけんかするていうのは仲がええ証拠ですがな」

妙がこいしの肩をポンとたたいた。

「冗談はさておき、食事だけやのうて、探偵をご依頼いただいたときのお代は次回一緒にいただいとるんです。それでよろしいかいな」

流の言葉に妙と絹子が揃《そろ》ってうなずいた。

「次はいつ来ればよろしいですか？」

絹子が訊いた。

「お急ぎやなかったら二週間後でどないです？　ざっくりそれぐらいあったら捜せる思いますんで」

「承知いたしました。妙さんも一緒に来てくれるわね」

「絹ちゃんさえよかったら喜んで」

妙が口もとをゆるめた。

「見つかったら連絡させてもらいますんで、どうぞおふたりでお越しください」

こいしの言葉をきっかけにして、ふたりは席を立った。

「これからどっか行かはりますのか？」

送りに出て流が妙に訊いた。

「絹ちゃんを『正伝寺《しょうでんじ》』さんへご案内しよ思うて」

「よろしいな。わしもあのお寺は好きで三日にあげずお参りに、っちゅうかお庭を拝見しに行っとります」

「そうどしたか。あそこのお庭は天下一品どすな。京都一の借景庭園へ連れたげる、て絹ちゃんに言うてありますねん」

流と妙が並んで歩き、そのすぐうしろをこいしと絹子が追う。

「こいし、妙さんと絹子はんがこれから『正伝寺』へ行くて言うてはる。車で送ったげてくれるか」

流が振り向いた。

「分かった。車取ってくるわ」

こいしが駆けだした。

「悪いことどすな。助かります」

妙が流に会釈した。

「おやすいご用です。バス停からちょっと歩かんなりまへんさかいな。なんやったら帰りもこいしに送らせまっさかい、待たしといてください。せわしいようやったら帰りはタクシーを呼ばはったらええし」

「おおきに。ゆっくりしたいさかい、帰りはタクシーにしますわ」

食堂の隣のガレージで車に乗りこんだ妙と絹子は流に小さく手を振った。

2

梅雨の中休みというより、夏のはじまりと言ったほうがふさわしいような青空が広がっている。

妙と絹子は軽やかな洋装で、白いレースの日傘に身を寄せて御薗橋を西へわたった。

「でも、よく見つけてくださったわね。きっと無理だろうと思っていたのに」

「流さんに不可能ていう言葉はないんと違うやろか。これまで捜しだせへんかった食はないみたいでっせ」

「やっぱり刑事時代の経験がものを言うのかしらね」

「流さんだけやのうて、こいしちゃんもひとの願いを叶えたげたいていう思いがひと一倍強いさかいに」

『鴨川食堂』の前にたどり着いて、妙は日傘をすぼめた。

食堂のなかに人影はなく、がらんとした店内に強い日差しが入り込んでいる。

「こんにちは。絹子はんをお連れしましたえ」

妙がアルミの引き戸を引いて敷居をまたいだ。

「おこしやす。暑いなかをようこそ」

藍地の作務衣を着た流が奥から出てきた。

「梅雨もうっとぉしおすけど、いきなりこの暑さもかないまへんな」

妙は額に薄《うっす》らと汗をかいている。

「ご連絡ありがとうございます。愉しみにしてまいりました」

妙のあとを追うように絹子が食堂に入った。

「遠いとこをようこそおこしやす。たぶんこれやと思うんでっけど、違うてたらすんまへん。先に謝っときます」

「流さんが間違うわけおへんがな」

妙が小さく笑った。

「人間がやることに、絶対はおへん。わしは神さんやないんでっさかい」

流が笑顔を返した。

「おこしやす。お父ちゃんが捜して来はったんですけど、ホットドッグはうちが作ります。すぐにできますし、ちょっとだけ待っててくださいね」

こいしが厨房から顔を覗かせた。

「ありがとうございます。よろしくお願いしますね」

絹子が首を伸ばした。

「っちゅうこってさかい、お掛けになって待っとってください。今お茶をお持ちします」

流が椅子をふたつ引いた。

「おおきに。流さんが淹れてくれはるお茶は格別おいしいさかい愉しみですわ」

「新茶というても、ちょっと日が経ってますけど、和束《わづか》のほうからええお茶が入ってますんで」

流が厨房に入っていった。

外は真夏並みの暑さだが、食堂のなかは適度にエアコンが効いていて快適だ。

「京都のひとはお茶にもこだわるんですよね。関東はあまり意識しないけど、新茶の季節を心待ちにするんでしょ?」

絹子はレースのカーディガンを羽織った。

「わたしらぐらいの年齢はそうどすけど、若いひとらはお茶よりコーヒーがええみたいでっせ。抹茶スイーツやらはよう食べても、お抹茶なんかめったに飲まへんやろし、急須で淹れたお茶よりペットボトルですさかいな」

「京都でもそうなの? なんだか寂しいわね」

「わたしが京都に来たころはそうでもおへんでしたけど、だんだん京都も特別なとこやなくなってきましたわ」

「いい匂いがしてきましたね。あのときとおんなじ匂い」

鼻をきかせて絹子がうっとりと目を閉じた。

「ハイカラな匂いどすな」

妙は薄く笑った。

「ホットドッグを食べはったとき、どんな紅茶を淹れはりました?」

「アールグレイです」

流の問いかけに絹子は迷うことなく即答した。

「よー覚えてはるんや。わたしなんか三日前に淹れた紅茶の種類も忘れてるのに」

妙が苦笑いした。

「ひとりで飲むときはいつもダージリンなんだけど、なんとなくホットドッグにはフレーバーティーのほうが合うような気がして。だからはっきり覚えてるの」

絹子は少女のようにキラキラと瞳を輝かせた。

「最初は苦味がきて、あとからベルガモットの香りが追いかけてきよる。たしかにソーセージによう合う紅茶や思います」

流がティーポットとふたつのティーカップをテーブルに置いた。

「流さんはお酒だけやのうて、紅茶にも詳しいんどすな」

「それほど詳しいことはおへんけど、紅茶は好きですねん。アールグレイは夏の暑い日にアイスで飲んだら最高でっせ」

三人が紅茶談義を続けているところへ、こいしが銀盆にホットドッグを載せて厨房から出てきた。

「合間に紅茶を飲みながら食べてください。どうぞごゆるりと」

流は厨房に入っていった。

「ケチャップとマスタードも置いときますんで、よかったら付けてみてください」

銀盆を小脇にはさんで、こいしは流のあとを追った。

「わたしが思うてたんとはちょっと違いますけど、おいしそうどすな」

妙がホットドッグを手に取って、まじまじと見つめる。

「これこれ、こんなのだったわ。カレーの匂いが食欲をそそるのよ」

いとおしげに見ていた絹子は、手を合わせてからホットドッグにかじりついた。

「お相伴します」

妙も合掌してホットドッグを口に運んだ。

ふたりは静かに口を動かしながら、ゆっくりと無言で食べ続けている。

絹子は時折りかじったあとを見て、小さくうなずいていた。

「これはこれでおいしいもんどすな」

半分ほど食べて妙が口を開いた。

「……」

妙の言葉が聞こえなかったかのように、絹子は黙って味わっている。

コッペパンのようなパンはしっとりとしていて、ほどよくバターの香りが効いている。千切りキャベツはカレー風味で、塩コショウで味付けされているようだ。長いソーセージは取り立てて特徴のない味わいだが、パンとキャベツと合わさると、ほっこりと和む味になる。

あのときとおなじ味だ。

享一とホットドッグを食べる時間は、夫を亡くしてから、ぽっかりと開いたままになっていた胸のすき間を埋めてくれていた。

どうせ自分ひとりだもの。屋根が傷んでいようが雨漏りがしようが、それがどうしたというのだ。そう思ってしまいそうな、すさんだ気持ちをあらためさせてくれたのが享一だった。

歳も歳だから若い男性に恋心を抱いたなどということは微塵《みじん》もない。ただただ親身になってやさしい言葉を掛けてくれる時間に、心の底から救われた気持ちになったのだ。

男女を問わず、ひとり身になってから近づいてくるひとは少なくなかった。聞こえのいい言葉を掛けてくるひともたくさん居た。だがそのどれもが、心に響くことはなかった。もしかすると、気付かないうちに殻に閉じこもっていたからかもしれない。それともいつの間にか、用心深い夫の性格が染みついてしまったのだろうか。

なのになぜ享一の言葉だけが心に届いたのか。今もってそのわけは分からずにいる。

普請をしているあいだ、何度訪ねてきてくれたことか。進捗状況を説明し、ときにはたわいもない世間話をしてくれる享一に、いつしか授からなかった我が子を重ねていたのかもしれない。

生涯子どもを授からなかったことを悔いたことなど一度もないのは、夫もまったく一緒だったと思う。友人たちの子どもを見ても羨むことなどなく、取り立てて感情が動くこともなかった。

だが、ひとり身になってみると、ごくたまにではあるが、もしも子どもが居たなら、と脳裏をかすめることがあった。

寂しいとか、辛《つら》いとかではなく、居たとすれば、どんな暮らしぶりになっていただろうか、と気になったのだ。

子どもを持てば、家族仲良くやっているのだろうか。病や貧しさに苦労していないか。きっと心配も絶えないだろうが、和やかに会話を交わせば、安らかに生涯を終えることができそうにも思った。

そんなときに亨一と出会ったのだ。

「どないです？　こんなホットドッグでしたか？」

いつの間にか流が絹子の傍らに立っていた。

「ええ。こんなホットドッグでした。間違いないと思います」

我に返ったように姿勢をただして、絹子がきっぱりと答えた。

「こういうホットドッグは初めてどしたけど、不思議と懐かしい味がしますな」

妙が言葉を添えた。

「よろしおした」

流が頬をゆるめた。

「どうやってこれを捜しだしてこられたのか。お聞かせくださいますか」

絹子が流の目をまっすぐに見た。

「座らせてもろてよろしいかいな」

「どうぞどうぞ」

流はふたりと向かい合って腰かけ、タブレットをテーブルに置いた。

「初めて行きましたんやけど、武蔵野っちゅうのは落ち着いたええ街ですな。お聞きしとった住所を訪ねてみたら新しい建物が建ってましたけど、周りはみな立派な邸宅だらけでしたわ」

流がタブレットの画面を絹子に見せた。

「懐かしい。と言いたいところだけど、ずいぶん変わってしまったんですね」

絹子は声を落とした。

「西久保一丁目を歩いてみましたんやが、玉川上水に沿うて緑に覆われた散歩道があって、東京都やと思えん静かなとこですがな。こんなとこに住んではったんやなとたしかめてから、吉祥寺《きちじょうじ》にあるリフォーム会社に行きましたんや。会社いうても小さいもんやさかい、社長さんが応対してくれはりましてな」

流が名刺をテーブルに置くと、絹子は手に取って目を遠ざけた。

「この方は存じあげませんけど、会社の名前は合ってますね」

「単刀直入に上村享一さんのことを訊きました」

「今もいらっしゃるのですか？」

絹子が前のめりになったが、流は首を横に振った。

「でしょうね」

絹子がため息をついた。

「居られまへんでしたが、もちろん享一さんのことはちゃんと覚えてはりました。ホットドッグの話をしたら、それも覚えてはりましてな。享一はんの叔父さんが、井《い》の頭《かしら》公園の近所でホットドッグ屋をやってはったんやそうです。叔父さんは尼崎《あまがさき》から出てきて、関西風のホットドッグをキッチンカーで売ってはったんやが、売行きは芳《かんば》しいないんで、享一はんがしょっちゅう買《こ》うて応援してはったみたいです」

「そういうことだったのですか」

納得したように絹子が大きく首を縦に振った。

「社長はんによると、『代官堂』っちゅう屋号やったが、今もあるかどうかは分からんという話やったんで、井の頭公園の辺りで聞き込みをしてみました」

「刑事はんやったときとおんなじどすな」

妙が言葉をはさんだ。

「近所で聞いてみても、みな首をかしげはる。見たことも聞いたこともないて言わはるんですわ。とうに廃業してはってもおかしいない。年輩の方やったら覚えてはるんやないかと思うて、訊いてみても一向に手掛かりは得られん。井の頭公園は広いさかい雲つかむような話や。困ったなぁと思うてて、ひとつ思い当たりました」

妙と絹子はじっと聞き入っている。咳《せき》ばらいをしてひと息ついた流は話を続ける。

「キッチンカーっちゅうのは規制がありましてな、公共の場所では許可がないと営業できまへんのや。私有地やったら別やが公の場所で営業してはったら届出をしてはるはずや。そう思うて近くの駐在所で訊いてみたんですわ」

タブレットを操作して、流が写真を見せた。

「萬助橋《まんすけばし》の傍《そば》の駐在所ですね。何度か前を通ったことがありますわ」

「事情を話して記録を紐解いてもらいました。個人情報やとかがありまっさかい、ふつぅは簡単に教えてくれんのですが、わしもむかしおなじ仕事をしとったたっちゅう話をしたら、悪用せんやろと思うたんですやろな。教えてくれましたんや。『代官堂』はキッチンカーの廃業届を出して、小さな店をやってるて。なんと今もホットドッグは健在やったんですわ」

流がタブレットの写真を替えて見せた。

「享一さんが持ってきてくださったのは、このお店のホットドッグだったんですね」

絹子が画面に覆いかぶさった。

「『代官堂』のご主人、つまり享一はんの叔父さんの話では、キッチンカーやったころと味は変えてへんそうでっさかい、絹子はんが食べてはったんとおんなじ味やと思います。そない複雑なもんやないんで、レシピを聞いたわけやのうて、買うてきたんを分析しながら再現してみました」

「ありがとうございます。しっかり味わって、あの世で主人に伝えることができそうです」

「よろしおした。こいしもほめてやってください」

流が厨房を覗きこんだ。

「こいしさん、ありがとうございます。おいしく、懐かしくいただきましたよ」

立ちあがって絹子が厨房に向かって声を掛けた。

「おおきに。合うててよかったです」

厨房から出てきたこいしが、ちょこんと頭を下げた。

「いちおうレシピも書いときましたんで、よかったら作ってみてください」

流がファイルケースを手提げの紙袋に入れて絹子にわたした。

「何から何までありがとうございます。また食べたくなったら作ってみます」

「よかったなぁ絹ちゃん。これで踏ん切りがつきますやろ」

妙が絹子の肩に手を置いた。

「踏ん切りって言われてもねぇ」

絹子は顔を曇らせ、深いため息をついた。

「探偵料は振り込むんどしたな？」

妙がこいしに訊いた。

「はい。金額は決めてませんので、お気持ちに見合うた分をこちらに振り込んでもらえますか」

こいしがメモ用紙を絹子に差しだした。

「承知しました。鎌倉に戻りましたらすぐに」

絹子がメモ用紙を受け取った。

「わたしの分はわたしが振込させてもらいますさかい」

「何をおっしゃるの。お食事代のほうはちゃんとふたり分わたしが払っておきますから。お付き合いいただいたんだもの」

「ほな遠慮のう甘えさせてもらいます。またどっかで埋め合わせしますわな」

ふたりが立ちあがった。

「今日はこれからどっか行かはりますのか?」

流が食堂の引き戸を引いた。

「妙さんが久々に鎌倉へ行きたいと言ってるので、一緒に鎌倉に戻ろうかと」

「よろしいな。鎌倉からやったら東京もそない遠いこともないさかい、『代官堂』へ行ってきはったらどないです」

流が提案すると妙が手を打った。

「そうしまひょ。享一さんの叔父さんがやってはるんでっしゃろ。叔父さんやったら消息も知ってはるはずや。居場所が分かったら本人に談判して、絹ちゃんが貸した五百万がどないなったか、わたしが聞いたげます」

「叔父さんには関係ないわよ。武蔵野にも長いこと行ってないから、井の頭公園へ行くのはいいけど。くれぐれも余計なことは言わないでね」

絹子が釘《くぎ》を刺して食堂の外に出た。

「享一はんの叔父さんから絹子はんに手紙をあずかってきてます。さっきおわたししたファイルケースに入れときました」

こいしがそう言うと、絹子は慌てて紙袋のなかを覗きこみ、ファイルケースを取りだした。

「そない急がんでも、あとでゆっくり読んだらよろしいがな」

絹子が封筒から便せんを取りだしたのを横目にして、妙が苦笑いした。

立ったまま便せんを広げて文字を追う絹子の手が小刻みに震えはじめた。

ただならぬ様子に、妙が心配そうに横顔を見ていると、絹子の目尻から涙があふれだした。

「大丈夫どすか？」

妙が肩に手を添えると、絹子は小さく嗚咽《おえつ》をもらしながら便せんを差しだした。

受け取って文字を追う妙の瞳が見る間に潤みはじめる。

「そうやったんどすか。お気の毒に」

便せんを返して、妙が目尻を小指で拭った。

「京都からわざわざホットドッグを捜しに来たと聞いたら、誰でも不思議に思いますわな。ざっくり事情を説明したら、経緯《いきさつ》を話してくれはりました。享一はんも叔父さんを慕うてはったけど、叔父さんも享一はんを可愛がってはった。絹子はんも聞いてはったと思いますけど、享一はんは早ぅにご両親を事故で亡くさはって、叔父さんが親代わりになってはった。享一はんは妹さんの面倒をみる、っちゅうより育ててるみたいやったそうです。そんな妹さんの手術費用を捻出するのに必死で働いてはったのに、気の毒に手術を待たんと亡くなってしまわはった。享一はんは傍《はた》で見てられんほどの落ち込みようやったて聞きましたけど、ほんまにお気の毒な話ですわ」

流が目を赤くすると、こいしが洟《はな》をすすりあげた。

「享一さんはほんとうにやさしいひとだったから、あとを追うように亡くなってしまわれたんですね」

空を見上げる絹子の頬を涙が伝う。

「よほど気落ちなさったんですやろな。妹さんのあとを追うようにして心臓発作で亡くならはった。そこにも書いてある思いますけど、絹子はんのこともずっと案じてはったみたいです。けど転居先が分からなんだんで、連絡できんまま亡くならはった」

「ほんとうに申しわけないことでした」

絹子が頭《こうべ》を垂れた。

「井の頭公園やったら、鎌倉から渋谷に出て井の頭線に乗り換えたらすぐですがな。一緒に行きまひょ。ずっと詐欺師呼ばわりしてたことを、わたしも謝らんなりまへん」

妙が口もとを引きしめると、西からバスが近づいてきた。

「ちょうど9番が来ましたわ。どうぞお気を付けて」

こいしがバス停に目を向けた。

「ありがとうございました」

絹子が深々と頭を下げた。

「浩さんのことも気になるさかい、近いうちにまた寄せてもらいます」

妙がこいしの耳元でささやくと、トラ猫のひるねが駆けよってきた。

「気ぃつけなバスに轢《ひ》かれるで」

流が屈《かが》みこんだ。

「ひるねちゃん、また会いに来ますわな」

小さく手を振って妙がバスに乗りこむと、絹子があとに続いた。

「ご安全に」

バスが御薗橋通を右折するまで見送って、流が食堂に戻った。

「せつない話やなぁ」

こいしが引き戸を閉めた。

「気の毒なことやったが、向こうで兄妹仲良ぅしてはるやろ」

流が仏壇の前に座った。

「そう思うしかないなぁ」

こいしがろうそくの火を線香に移した。

「掬子もわしが来るのを待っとるやろ」

流は写真を見上げた。

「そんな早ぅ来んでええ。ひとりでゆっくりしてるさかい」

こいしが掬子の声色を遣った。

「そんなダミ声やなかったで」

苦笑いしながら流が手を合わせた。

第五話　牡蠣フライ

1

うっかり寝過ごすところだった。

新幹線ひかり号から慌ててホームに降りた船田昭一《ふなだしょういち》はホッと胸を撫《な》でおろした。浜松から京都までは一時間十分ほどしか掛からなかった。京都はもっと遠いと船田は思っていた。

改札口を通ってタクシー乗り場へ向かう船田は、東京より京都のほうが浜松に近いことに少しばかり驚いている。

オーバーツーリズムという言葉どおり、紅葉のシーズンも過ぎたというのに、JR京都駅のなかは大勢の観光客で賑《にぎ》わっていた。

思ったとおりタクシー乗り場には長い行列ができている。ひかり号に乗ってすぐ、アプリでタクシーを予約しておいてよかった。薄笑いを浮かべて、船田は待機していたタクシーに乗りこんだ。

「上賀茂御薗橋まで行ってください」

「北の端までですな。おおきに」

近距離でなくてよかった、と思ったのだろう。タクシードライバーは笑顔でアクセルを踏んだ。

食捜しの探偵が居ると教えてくれた、雑誌〈料理春秋《りょうりしゅんじゅう》〉の編集長大道寺《だいどうじ》茜は、京都市バスに乗ればいいと言っていたが、まどろっこしいバスは苦手だ。それに市バスは観光客でいつも混み合っているとネットニュースにも書いてあった。

「どちらから来はったんです?」

走りだしてすぐドライバーが訊《たず》ねてきた。

「浜松からです」

「餃子《ギョーザ》をよう食べはるとこですんやろ」

浜松と聞けばすぐに餃子と答える。うんざりするほどのステレオタイプだ。

「そうですね」

むきになって反論しても無駄だと分かっている。気のない返事だったのが幸いしたのか、それ以上は話しかけてこなかった。

アプリのマップをスマートフォンで見ると、タクシーは堀川通という広い通りを北に向かっていて、もうすぐ左手に二条城が見えてくるようだ。船田はスマートフォンをコートのポケットに仕舞い、車窓に目を凝らした。

天守がない城というのも頼りないものだ。鉄筋建築とは言え堂々たる構えの浜松城と比べると見劣りするが、世界遺産に登録されているぐらいだから、歴史的価値はこちらが上なのだろう。

駐車場に多くの観光バスが並んでいて、その人気の高さがうかがえる。やっぱり京都には多くのひとが集まるのだ。

出世城という異名を持つ浜松城にあやかって、浜松で店を開いたが、今のところ思惑どおりにことが運んでいる。一国一城のあるじというだけで満足してはいけない。

次はいよいよ本丸攻めだ。二条城を振りかえって船田はこぶしを固く握りしめた。

「御薗橋のどの辺ですやろ？」

右手に賀茂川らしき川が見えはじめたところでドライバーが訊《き》いた。

「橋を渡らずに信号を左折して、バス停の前あたりで停《と》めてください」

船田はあらかじめ調べておいたとおりに答えた。

それらしき店が目に入った。暖簾《のれん》も看板もないが、いかにも大衆食堂らしい店がまえだ。

営業時間前だからだろう。ガラス戸を透かして見える店のなかはがらんとしていて、客の姿は見当たらない。おそるおそるアルミの引き戸を引いてみた。

「こんにちは。どなたかいらっしゃいますか？」

船田は顔だけを店のなかに入れた。

「お食事ですか？」

若い女性の声が返ってきた。

「浜松から来ました船田です」

「おこしやすぅ、ようこそ。えらい早かったんですね」

白いシャツにブラックジーンズ、黒いソムリエエプロンを着けた女性が姿を見せた。

「予定より早く着いてしまいましたが、よろしいですか？　なんなら表で待ちますが」

「遠慮せんと、どうぞお入りください。『鴨川食堂』の主人をしてる鴨川こいしです」

「あなたがこいしさんでしたか。大道寺さんからご紹介いただいた船田昭一です。早くからすみません。京都駅からタクシーに乗ったので、思いがけず早く着いてしまって」

敷居をまたいだ船田は、薄手の黒いダウンコートを脱いだ。

「船田さんのことは茜さんからお聞きしてます。もうすぐお父ちゃんも来ると思いますんで、ここで待っててください」

こいしがパイプ椅子を奨《すす》めると、ベージュのチノパンにチェックのシャツを着た船田は店のなかを見まわしながら腰をおろした。

「茜さんとは親しいしてはるんですか？」

「親しいっていうほどではありませんが、何度かうちの店を取材してもらって」

「浜松でレストランをやってはるんでしょ。どんな料理なんです？」

「洋食です」

「ええなぁ洋食。うちも大好きですねんよ」

「京都は洋食の本場ですからね」

ふたりがやり取りしているところへ、流が食堂に入ってきた。

「お待たせしましたかいな。船田はんでっしゃろ？　鴨川流です」

「食捜しの探偵兼名料理人の鴨川流さんですね。はじめまして船田昭一と申します。早くからお邪魔してすみません。今日はよろしくお願いします」

立ちあがって船田が頭を下げた。

「名が付くような料理人やおへんけど。ほな事務所のほうへ行きまひょか。まだちょっと早おすけど、ぼちぼちお昼をお出ししますわ」

藍地《あいじ》の作務衣《さむえ》を着て、おなじ色の和帽子をかぶる流の顔に見覚えがあるような気もするが、気のせいなのだろう。

「ありがとうございます。大道寺さんからお聞きして愉《たの》しみにしてきました」

「茜がたいそうに言うてますんやろ。プロの料理人さんにはお恥ずかしいもんしかお出しできまへんさかい、期待し過ぎんとぅくれやっしゃ」

流が店を出ると、こいしに会釈し、コートを着て船田が続いた。

「行ってらっしゃい」

店を出たこいしがふたりを見送った。

「近くなんですか？」

あとを歩く船田が訊いた。

「すぐ裏なんです。あの古い家ですわ」

流が駐車場の奥に建つ古民家を指さした。

「探偵事務所って聞いたので、もっと素っ気ないビルだと勝手に想像してました。すごくオシャレな古民家じゃないですか」

立ちどまって船田が目をみはった。

「さっきの食堂とおんなじ大家はんでしてな、格安で使わせてもろてます」

先を歩く流が振り向いて笑った。

「こんなところで店をやれば流行《はや》るだろうな。うらやましいです」

「船田はんみたいな料理やったら祇園《ぎおん》とかのほうがよろしいで。まぁどうぞお入りください」

引き戸を開けて流が玄関の前に立った。

「失礼します。おお、いい感じじゃないですか」

敷居をまたいで船田が家のなかを覗《のぞ》きこんだ。

「船田はん、お酒のほうはどないです？」

「せっかくだからいただきます」

上がりこんで船田がコートを脱いだ。

「日本酒、焼酎、ワイン、たいしたもんはおへんけど、いちおうなんでも置いてます」

「お料理に合わせて出していただければ、なんでもいただきます」

「アレルギーやとか苦手な食いもんはありまへんか」

「大丈夫です」

「ちょっと待っとってください」

「ちっとも急ぎません」

船田が庭に目を遣《や》ると、トラ猫と目が合った。まるで置き物のように、庭の風景に猫が溶けこんでいる。

もしもここでレストランを開くとすれば、まずはこの庭をテラス席に改築するだろう。船田は頭のなかで青写真を描きはじめた。

庭に面したあの壁は全面掃きだし窓にして、段差をなくしたウッドデッキを設《しつら》え、オープンエア席を作る。カップルシートを三組は並べることができるだろう。

サービスがし辛《づら》いだろうし、ひんぱんにスタッフが来ると興を削《そ》ぐ。この席だけのメニューを作らねばならない。オードブルを大皿で出しておいて、あとはほどよきところでメイン料理。最後にデザートとすればサービスは三回で済む。問題は酒だ。へビードリンカーだと何度も足を運ばないといけない。

そうだ。ビアサーバーを置けばいい。ワインもボトルを置いておいて、フリードリンクにする。よし、それでいこう。

船田はすっかりその気になっている。

庭から部屋のなかに視線を移すと、サイドボードに飾られた小さな写真立てに目がとまった。流の妻だろうか。妙齢の女性が写っている。もしかすると、すでに亡くなっているのだろうか。

流が台所から出てきた。

「お待たせしました。八寸もどきて呼んでますんやが、洋食で言うたらオードブル盛り合わせ、っちゅうやつです。古伊万里の丸皿に盛ってみました。簡単に説明しときます。左上は寒ブリのマリネ、その右が鶏《とり》キモの生姜《しょうが》蒸《む》し、上の段の右端がカニ爪のから揚げ、どれも味が付いてまっさかいそのまま食べてください。その下がフグのアラ身を焼いたん、ポン酢に付けてどうぞ。その左はカキの時雨煮《しぐれに》、真ん中の段の左端はシャトーブリアンの串焼き、どっちも味が付いてます。その下が小柱のかき揚げ、柚子塩《ゆずしお》を付けて食べてください。下の段の真ん中は小さい蕪蒸《かぶらむ》し。右端はロールキャベツ。ラム肉の薄切りを巻いてます。お酒はワインを置いときます。ソラリス　山

梨 マスカット・ベーリーA。日本ワインです。今日の料理によう合う思いまっけど、口に合わんようやったら言うてください。代わりのもんも用意してますんで。どうぞごゆっくり」

説明を終えて流が台所に戻ろうとした。

「あの写真の方は？」

船田が訊くと流が振り向いた。

「掬子て言います。亡《の》うなった家内ですわ」

しばらく写真を見ていた流は台所に戻っていった。

やっぱりそうか。ならば日々の食事を流は作っているのか。手ぎわがいいのはそのせいもあるのだろう。

それにしてもこの皿はどうだ。素人《しろうと》とはかけ離れた腕前だ。聞きしに勝るとはこのことか。

船田は大皿に盛られた料理をじっくりと見まわした。

わざわざ探偵に頼んでまで捜すほどの食ではないのだが、大道寺に強く奨められて京都の端まで来た。しかし、この料理のためだと思えば、それはそれで悪くない。

冷菜と温菜が混在している。温かい料理は早く食べねばと思いながらも、全体を見てその取り合わせの是非を判断しなければ、というプロの視点が先行してしまう。

藍色の唐草紋様が料理を引き立てているのは言うまでもないが、それぞれの量や色合いが絶妙のバランスを保っている。

赤ワインで口を湿らせてから、船田が最初に箸を付けたのは、小さな向付に盛られた蕪蒸しだった。

蓋がないので冷めているかと思いきや、けっこう熱い。添えられた小さな木の匙《さじ》で口に運ぶと、上品な香りが鼻に抜けていく。なんともやさしい味わいだ。グジの切身とゆり根、銀杏《ぎんなん》、きくらげと小さい器に具が詰まっている。蕪《かぶら》の甘みは土の香りに包まれている。日本料理のエッセンスだと船田は思った。

焼いたフグのアラ身にポン酢を垂らして食べると、海の香りが口中に広がった。

やはりただの料理人ではない。ふた品食べただけでそう確信した。

何気なく飲んでいたが、この日本ワインもいい。控えめな味だがしっかりと料理に寄り添っている。

カニ爪のから揚げもほんのり温かい。クリームコロッケやフライにするのが常道だが、から揚げにすると風味が変わって愉しい。奇をてらわずに変化球を繰りだすには、よほどたくさんの引き出しを持っていないと難しい。

ワインをひと口飲んで、船田は小柱のかき揚げを箸で取った。

柚子塩がよく合う。洋食でも貝柱のフライにはレモンを搾って塩で食べることがあるが、柑橘《かんきつ》の香りは良くても、コロモが湿り気を帯びてしまうという欠点がある。この方法だとそれをクリアできる。

学ぶことが多い料理に、船田は背筋を伸ばしてワインを注《つ》いだ。

一番気になっていたのは、シャトーブリアンの串焼きだ。竹製の田楽串は十四センチほどだろうか。見たところ照焼きのようだが、鼻先に近づけるとエスニックな香りがする。

三切れ連なっているうちのひと切れを前歯で噛《か》みとった。

ただやわらかいだけでなく、実に味わい深い。脂身の少ないヒレ肉は概して野性味に欠けるのだが、このシャトーブリアンは違う。過ぎればアクと感じてしまうほどのワイルドな味がするのだ。

嫉妬心が芽生えてきた。

きわめて短時間にこれほどの完成された料理を作るには、どんな経験を積めばいいのか。大道寺が価格は決まっていないと言っていたが、ひょっとすると、とんでもない高額なのかもしれない。

それならそれでいい。というよりむしろそのほうが納得がいく。店で出しているコース料理は、浜松では決して安くない価格設定だが、きっと京都ならもっと高くても客は来るに違いない。

寒ブリのマリネは食べる前に予想してみた。塩、ブラックペッパー、ガーリックパウダー、そしてオリーブオイル。柑橘が搾ってあるかもしれない。

ひと口食べて舌を打った。ハズレだ。

まるで予想もしなかったこの甘さはどこからくるのか。ふた口食べてもまだ分からない。どんな調味料を使えば、こんな爽やかな甘みが出せるのか。

どれほど凄腕《すごうで》だと聞かされても、所詮はアマチュアに毛の生えた程度だろうと、高をくっていたことを恥じるしかない。

「強肴《しいざかな》、てな恰好《かっこう》のええもんやおへんけど、メインをお持ちしました」

流がテーブルに置いたのは、素っ気ない白い洋皿に載ったカツレツだ。

「これは？」

どんなメインディッシュが出てくるのかと期待していたが、あっさり肩透かしを食わされた。

「とんかつです。今流行りの分厚いレアとんかつやのうて、むかしからある薄いとんかつですわ。千切りキャベツとケチャップ味のスパゲティを添えてます。ワインに合うかどうかは分かりまへんけど、どうぞごゆっくり」

苦笑いを残して流は台所に戻っていった。

流の説明どおり、なんの変哲もないとんかつを前にして、船田は困惑を隠せずにいる。

ケチャップとウスターソースを混ぜただけのようなソースが掛かったとんかつを、ひと切れ口に運んだ。

見た目だけでなく、食べてもふつうのとんかつだ。言葉は悪いが、古くさいという言葉がぴったりだと思った。

なぜむかしはこんな薄いとんかつを好んだのだろう。と思うのと同時に、なぜ流はこのとんかつを出してきたのだろう、と思った。

完璧に近いオードブルの構成とは正反対だ。もしかすると、表通りの食堂で出している料理なのかもしれない。それにしてもなぜ。

疑問を解くことに集中していたせいか、気が付けば皿は空になっていた。まるで学生時代のような食べっぷりだと船田は苦笑いした。

「そろそろ〆《しめ》を出してもよろしいかいな」

流が声を掛けた。

「はい。けっこうお腹《なか》が大きくなったので、量は控えめでお願いします」

「今日の〆はぞうすいを土鍋でお出ししまっさかい、お腹に入るだけ召しあがってもろたらよろしい」

ぞうすいなら入りそうだ。船田は腹をさすってワイングラスをかたむけた。

とんかつのあとはぞうすい。なんの脈絡もない組み立てだが、腹具合にはちょうどいい。

「熱いさかい気ぃ付けとぉくれやっしゃ」

流は藁《わら》で編んだ鍋敷きをテーブルに敷き、その上に伊賀焼の土鍋を置いて、ふたをはずした。

「いい匂いがしてますね」

土鍋に顔を近づけて、船田が鼻をひくつかせた。

「ワインのほうは足りてますかいな。よかったら日本酒もお持ちしまひょか」

「このぞうすいならお酒が合いそうですね。お願いします」

「冷酒がええと思いますんで冷えたんをお持ちしますわ」

流が台所に戻っていった。

船田はレンゲを取って、土鍋のなかを覗きこんだ。

ぞうすいだと言っただけで、中身の説明はなかったが、何のぞうすいなのだろう。匂いだけでは分からない。

「『月の桂《かつら》』の純米にごり酒をお持ちしました。スパークリングワインの日本酒版、っちゅうとこですわ」

緑色のボトルを手にして、流が傍らに立った。

「いいですね。スパークリングワインは大好きです」

船田が相好をくずした。

「シュワシュワっと喉に来るのが堪《たま》りまへんな」

流がボトルをかたむけてグラスに注ぐのを横目にして、船田は小鉢に取り分けたぞうすいを口に運んだ。

半熟になっていた玉子を崩しながら食べると、しみじみと美味《おい》しい。何も身が入ってないようだが、ご飯に味が染み込んでいる。魚介系の出汁《だし》だろうと思うが、なんの身かは分からない。

かつお節や昆布のような、ありきたりの出汁でないことだけは分かるが、出汁というよりエキスと言ったほうがいいような、濃密な味わいは何なのか。

「降参です。何のぞうすいですか?」

船田が頭を下げた。

「フグのアラで取ったスープですわ。さっきお出しした焼きフグのアラです。ええ味出てまっしゃろ」

「フグでしたか。食べ慣れていないので分かりませんでした。すっぽんかなぁと思ったのですが」

船田は悔しそうに首を左右にかたむけた。

「すっぽんやったら必ずショウガを入れるんでっけど、フグは入れまへん」

なるほど。そうして味を分析すればいいのか。学んでばかりだ。

「食事が終わらはったら、話を聞かせてもらいますんで声を掛けてください」

台所に戻ろうとする流を船田が引き留めた。

「よかったら一緒にお飲みになりませんか。にごり酒はまだたくさん残ってますし」

「そうでっか。ほなお言葉に甘えまひょか。グラスを取ってきますわ」

「ぞうすいを残してしまって申しわけありません」

船田は土鍋にふたをした。

「気にせんといとぉくれやす。ふたり分は優にありまっさかい。下げさせてもらいますわな」

グラスをテーブルに置いて、流は器を下げた。

「大道寺さんから聞いてはいましたが、想像を超えていました。元は刑事さんだったそうですが、どこで修業なさったんですか？」

船田が流のグラスに酒を注いだ。

「修業て呼べるほどのことはしてまへん。ほとんど独学ですわ」

流はダスターでテーブルを念入りに拭いている。

「たいしたもんです」

「船田はんこそ、どこで修業なさったんです？　経歴はいっさい公表されとらんらしいですがな」

「ひとに自慢できるような経歴じゃないんです。田舎《いなか》生まれで、いろんな店をわたり歩いてきただけで、師匠と呼べるひともいないし、名店で修業したわけでもないんです」

「それでよろしいがな。隠さんならんようなことやない思いまっせ。座らせてもろてもよろしいかいな」

「どうぞどうぞ」

腰を浮かせて船田が手招きした。

「ほな失礼して」

和帽子を取った流が、船田と向かい合って腰かけた。

船田は酒をひと口飲んでから、白いハンカチで口元を拭った。

「簡単でええんで、ここに記入してもらえますか」

流がバインダーを差しだした。

「探偵依頼書ですか。役所っぽいですね」

受け取って船田が薄笑いを浮かべた。

「覚え書きみたいなもんです。書き辛いとこがあったら飛ばしてもろてもよろしいで」

船田はすらすらとペンを走らせ、バインダーを戻した。

「船田昭一はん。北海道の厚岸《あっけし》町尾幌《おぼろ》生まれ。寒いとこなんですやろな。お店は浜松やさかい、てっきりその辺のご出身やと思うてました。なんぞ道産子《どさんこ》やていうことを隠さんならんわけでも？」

「隠すっていうほどでもないのですが、公表はしてません」

「ミステリアスなシェフを演じてはるんでっか？」

「多少はそれもありますが、余計な先入観を持たれたくなかったんです。北海道の田舎が出身地で東京に出てきて、ふつうのレストランでアルバイトして料理を覚えた、なんて誰も憧れてくれないですよね」

「そういうもんやないと思いまっけど、まぁそれは置いといて、船田はんはどんな食を捜してはるんです？」

流が手帳を取りだした。

「牡蠣《かき》フライです」

「よろしいな。わしも好物ですわ。いつごろどこで食べはった、どんな牡蠣フライです？　詳しいに教えてください」

流がペンをかまえた。

「子ども、って言っても中学や高校のころに母が作ってくれた弁当に入っていた牡蠣フライです」

「お母さんは亡くならはったんですか？」

「いえ、まだ生きている、はずです」

苦笑しながら船田が答えた。

「それやったら、お母さんに訊かはったらよろしいがな」

「それをしたくないからお願いしてるんじゃないですか」

「分かったような分からんような話でっけど、頼まれたもんを捜すのがわしらの仕事やさかい、やってみますけどな。そのへんの事情も話してもらわんと」

　不承不承といった顔つきで、流が手帳のページを繰った。

「さっきも言いましたけど、ぼくはこれまで経歴なんかを公表してきませんでした。でも今度レシピ本を出すことになって、その巻頭でプロフィールを含めて、インタビュー記事が掲載されることになったんです。そのなかのメインになるのが、ぼくが料理人を目指すきっかけとなった料理の話」

「それが子どものころに食べはった牡蠣フライっちゅうわけですな」

「そういうことです」

「それやったら遠慮は要りまへんがな。お母さんに訊ねはったら喜ばはるんと違いますか？」

「喜ぶどころか怒ると思います。がっかりするでしょう」

「なんでです？」

「牡蠣フライがまずかったからです」

「まずかった？　それがきっかけになったんですやろ？　よう分からん話ですな」

　ペンを持ったまま流が首をかしげた。

「揚げ立てじゃなくて、弁当に入ってたから冷めてますよね。おまけに湿気《しっけ》てててべちゃべちゃ。おいしいわけないんですよ。それでも中学、高校のときってお腹が空《す》いてるから食べてしまう。特に高校のときは陸上部に入っていたので、むさぼるように牡蠣フライを食ってましたね。情けなくてね。こんなまずいもんじゃなくて、もっと旨《うま》いもんを作ってやろう、と思ったのが料理人を目指すきっかけだったんです」

船田が流に笑顔を向けた。

「なんとのう分かって来ました。冷めたら味が落ちるのは揚げもんの宿命でっさかいな」

「それもありますけど、根本的にうちの母はあまり料理がじょうずじゃなかったと思うんです。看護師として病院に勤めていて、料理に時間を掛けられなかったせいもあるんでしょうが、弁当だけじゃなくて、作り置きの夕食も、おいしいと思ったことは少なかったんです。煮魚だとか野菜の煮付けとかばかりで。もっとも夕食はたいてい父とふたりだけで、黙々と食べていたせいもありますが」

「まずい料理が料理人を目指すきっかけになった、っちゅうのはなんとも皮肉な話ですな」

流が浅いため息をついた。

「反面教師って言うんでしょうかね」

「おいしかったもんを捜すことには慣れてまっけど、まずかったと思うてはるもんを捜すのは初めてですわ」

流が手帳をテーブルに置いた。

「すみません。でも、まずい料理があって、それをどうやって作ったかが分かれば、おいしいものを作るヒントにもなるんじゃないですか？　逆をいけばいいんだから」

「分かりました。そこまで言わはるんやったら捜しまっけど、あなたのお母はんに訊ねてみんと見つけようがありまへん。それはよろしいんかいな」

「かまいません。ただし、昭一がまずい料理として弁当の牡蠣フライを捜している、ではなくて、思い出に残っている料理として捜していると言って欲しいんです。ご無理を言いますがよろしくお願いします」

船田が頭を下げた。

「ところで、これまで公表して来なんだ経歴を明かそうと思わはったんはなんでです？」

「実は店を移転しようと思っているんです。これまで浜松でやってきましたが、東京か京都で勝負したいと思っているんです。最初はニューヨークでと思ったんですが、ぼくの料理はフレンチじゃなくて、日本風の洋食ですから、やっぱり日本がいいだろうと」

「東京か京都て、えらい幅がありまっけど、移転の目的はなんです？」

流が表情を険しくした。

「もう一段上に行きたいっていうところですかね。浜松に店を出したのは、街として頃合いの大きさだったのと、食材に恵まれているうえに、東京からのお客さんを集めやすいという理由からだったんです。でもやっぱり一地方都市のレストランと、東京や京都の店では格が違いますしね。ステップアップするにはどっちかに移転するしかない。そう思いました」

「料理の内容も変えはるんでっか？」

流が訊いた。

「洋食をベースにしたコースを保ちながら、海外の富裕層向けに、フレンチの要素も取り入れたいと思っています。トリュフやフォアグラなんかも使ってね」

船田が立ちあがった。

「繰り返しになりまっけど、お母さんにレシピをお訊きしてもええんですな？」

流が玄関に向かうと、あとに続く船田が答えた。

「はい。問題ありません。ただし……」

「息子はんが思い出の料理を捜してはる、とだけ言うてですな。間違《まちご》うても、まずい料理を捜してはるとは言うたらあきまへん」

「そのとおりです。毎日ぼくが朝食を食べている横で、母が弁当を作っていて、うるさいぐらい訊いてくるんです。部活のこととか、友だちのこととか。そして必ず最後に、今日の弁当はおいしい牡蠣フライだよ、とか、おいしい肉じゃがだよとか、おいしいザンギだよとか。旨いと思いこんで作ってたんでしょうね」

船田がにこりと笑って靴を履いた。


流が先を歩き、来た道を戻る。駐車場を抜けて表通りに出ると目の前は『鴨川食堂』だ。

「タクシー呼ばんでええんでっか？」

「アプリを使えばすぐに来るんですが、今日はこれから物件を見に行きますので、コンサル業者が迎えに来るんです」

「それやったら、しばらく食堂のほうで待っててもろてもよろしいで」

「大丈夫です。この近くで待機してくれているはずなので」

船田が御薗橋通の左右を見まわした。

「ずっと待機してはるのは、上得意さんやっちゅうことですな」

「来ました。あの車です。そうそう、食事代をお支払いしなければ」

船田はパンツの尻ポケットから財布を取りだした。

「探偵料と一緒にいただきますんで、今日はけっこうです」

「見つかったら連絡いただけるんですよね」

「だいたい二週間後ぐらいやと思うてください」

「承知しました」

会釈して船田はアルファードに乗りこんだ。

御薗橋通を東へ向かう黒い車を流が見送っていると、食堂からこいしが出てきた。

「もう帰らはったん？」

「これから京都の物件探しやて」

流の足元にトラ猫がすり寄ってきた。

「ひるね、庭でおとなしいしときて言うたやろ。通りで車にでもはねられたらどないするんや」

屈《かが》みこんで流がひるねを抱き上げた。

「最近えらいひるねにやさしいやんか」

「事故に遭うてややこしいことになったらかなんだけや」

流はひるねをこいしにあずけた。

「物件探して、船田さん京都でお店やらはるん？」

「京都か東京へ移転したいらしいで」

「よう聞く話やなぁ。地方から都へ出てきて、きっと値段も上げはるんやわ。で、何を捜してはるの？」

こいしがひるねの喉を撫でた。

「牡蠣フライ」

「ええなぁ、牡蠣フライ食べたい。広島？　鳥羽《とば》？　それか三陸か？」

「北海道やそうな」

「うちが捜しに行くわ」

こいしがひるねをおろした。

「現金なやっちゃ。北海道行きたいんかい」

「北海道行って温泉入って、湯上がりのビール飲んで、ジンギスカン食べに行く。最高やんか」

「そない難しい案件やないさかい行っとといで。その代わりしっかり土産買《こ》うてこいよ」

「やったぁ。愉しみやな」

こいしが小躍りするのを横目で見た流はため息をついた。

2

京都か東京か。まだ船田は結論を出せずにいる。

京都では祇園と『金閣寺』裏の二軒を見たが、どちらも魅力的だ。祇園町南側はいかにも京都らしい佇《たたず》まいだが、和のイメージが強すぎるかもしれないし、高級飲食店の激戦区でもある。

『金閣寺』裏のほうは、古い京町家で裏庭もみごとだ。近くには外資系の高級ホテルもあるから、そこからの客も見込めるに違いない。

東京は数寄屋橋《すきやばし》と西麻布《にしあざぶ》の二軒。どちらも立地は申し分ないのだが、家賃が高いうえに充分な広さを確保できない。一長一短あるのは仕方がないとは言え、どの物件も決め手に欠けるのがもどかしい。

京都駅から『鴨川食堂』へ向かうタクシーの車窓を眺めながら、船田は何度もため息をついた。

初冬を迎えた京都は真冬並みの寒さで、浜松とは比べるまでもない。堀川通の街路樹もすっかり葉を落とし、寒々とした佇まいだ。

「次の信号を左折してひと筋目の辺りで停めてください」

船田はセミロングの白いダウンコートを手にした。

タクシーを降りた船田は、トランクからキャリーバッグを取りだして、食堂の裏に建つ古民家を覗きこんだ。

冗談半分だったが、あの探偵事務所が手に入るなら、それも候補のうちだ。隠れ家感もあるし、何よりあの建築が魅力的だ。

連絡が入ったとき、牡蠣フライよりも古民家が頭に浮かんだのに自嘲した。

レシピ本に掲載するために依頼したものの、あの牡蠣フライが懐かしいわけでも、もう一度食べたいわけでもない。編集上の体裁さえ整えばそれでいいのだ。

捜してもらう手前、反面教師としてなどと理由付けしたが、それもこじつけでしかない。どうすればまずい牡蠣フライが作れるのか。その答えさえはっきりすればいい。

今さらあれを食べなくてもいいのだが。

「こんにちは。船田です」

「おこしやす。お待ちしとりました」

間髪をいれずに流が出てきた。

「ご連絡ありがとうございました」

「これからどっか行かはるんでっか？」

流が赤いキャリーバッグに目を遣った。

「ええ。今日明日と休みを取ったので、京都に滞在して物件を探そうと思って」

「これからお急ぎですか？」

「まぁ、そこそこ」

船田が口の端で笑った。

「すぐにご用意しますんで、しばらく待っとってください」

「アポは取ってないので、ゆっくりでいいですよ」

パイプ椅子に腰かけた船田は、スマートフォンを取りだした。

日本でおいしいものを食べるなら、東京より京都だ。海外の富裕層はそう口を揃《そろ》えるようになってきた。

人気が高まるとそれにつれてコストも上がるのは当然だろう。坪当たりの単価も東京に近づいてきたが、まだ開《ひら》きはある。今がチャンスだ。

船田は京都の店を思い描き武者震いした。

「お待たせしました。せっかくなのでお弁当にしました。子どものころに使うてはったんをお母さんから借りてきたんです」

こいしが黒いペーズリー柄のバンダナに包まれた弁当を船田の前に置いた。

「これこれ。弁当の汁が洩《も》れて、ところどころシミが付いてるんですよ。冬なんかは持つと冷たくてね」

船田は弁当包みを持ち上げて、懐かしそうに眼《め》を細めた。

「お茶を置いときますよって、ゆっくり食べてください」

こいしは厨房《ちゅうぼう》に戻っていった。

几帳面《きちょうめん》な母らしい結び目もあのころとおなじだ。何ほども思い入れなどないはずの弁当を前にして、懐かしさを覚えている自分に、船田は少なからぬ戸惑いを感じている。

手がかじかんで、なかなか結び目が解けない。いっそハサミで切ってやりたくなる衝動にかられながら、なんとか解けてふたを開けたときは、思わず笑顔になったものだ。

ふたを取ると当時とおなじ眺めがあった。

仕切りの左側三分の二ほどに白飯がぎっしり詰まっていて、紫蘇《しそ》のふりかけがその真ん中に掛かっている。右側のおかずは牡蠣フライが五切れ、玉子焼きが三切れ、赤いウィンナーが三本、プチトマトが二個入っていて、プリーツレタスが敷いてある。ソースをまぶした牡蠣フライは、ふたに押されて薄べったくなっている。ご飯で蒸されたせいもあって、コロモはべちゃっと湿っている。

小さなプラスティックの箸で牡蠣フライをつまみあげた船田は、しばらく眺めてから口に運んだ。

「おんなじだ」

船田がひとりごちた。

時間が経《た》った揚げものはかならずこうなる。ひんやりしたコロモはパン粉を判別できず、天ぷらとさほど変わらない。おおむね想像どおりだが、牡蠣の味が思ったよりちゃんとしていて、その点は予想外だった。あのころよりいい牡蠣を使ったのだろうか。甘みの強い玉子焼きも赤いウィンナーもおまけだから食べるつもりはなかったが、つい箸を伸ばしてしまった。

ふたつ目の牡蠣フライは、たっぷりのご飯に載せて口に入れた。

悪くない。船田は知らずうなずいていた。

市販のウスターソースととんかつソースを混ぜたのだろう。牡蠣の旨みが引き立てられ、コロモまでもが旨く感じる。

しんと静まりかえっている食堂に、遠くからざわめきが響いてきた。

教室の窓際、前から三番目の席だ。しょっちゅう振り向いて、くだらない冗談を連発するのはタケシだ。右隣のサナエはそれを聞くたびに大口を開けてけらけら笑う。

箸を手にすると、ざわめきが遠ざかっていく。

ただ紫蘇ふりかけが載っただけのご飯が旨い。

おかしい。舌がどうかなったのだろうか。嚙みしめるうち、またざわめきが耳に響いてくる。

今度は学校からの帰り道だ。まっすぐ続く道を猛スピードで車が駆け抜けていく。

傘を剣代わりにしてタケシと戦う。斬られたフリをしてタケシが大げさに倒れ込むと、後ろから付いてきたサナエが大声をあげて笑う。

共働きなので家に帰っても誰もいない。

空になった弁当箱を流しの洗い桶《おけ》に入れると、お腹が空いてきた。

食卓には夕食の用意がしてあるが、父が帰ってくるまでは手を付けられない。

温め方だとか、仕上げの手順などを記した母の手書きメモが食卓にテープ止めしてある。几帳面な母と正反対の父はそのメモを見ることなく、適当に料理を仕上げていた。ほとんど会話もなく、寡黙な父の横に並び、テレビを見ながら夕食を摂《と》る時間は息苦しいこともあった。

夜勤の多かった母が、いつ病院から帰ってきたのかは気付かなかった。たいてい朝起こされてはじめて帰宅していたことを知った。

朝食を摂るあいだ、台所に立つ母は弁当を作りながらずっとしゃべり続けていた。揚げた牡蠣フライをバットにあげて、満足そうにうなずく母の横顔が浮かんだ。

母はいつ寝ていたのだろう。

知らず頬を涙が伝う。いったい何の涙なのだ。わけが分からないのに、とめどなく涙が溢《あふ》れてくる。

まずいのに愛《いと》おしいのが不思議でたまらない。

おそるおそる三つ目をご飯と一緒に口に入れ、ひと口嚙んだ瞬間、船田は小さく声をあげた。

「旨い」

ふたつ目までとは違う。どういう仕掛けがあるのかは分からないが、冷めてもおいしい牡蠣フライに変わっている。

「どないです？　こんな牡蠣フライでしたやろ」

流が傍らに立った。

「はい。間違いありません」

船田は小指で目尻を拭った。

「よろしおした。これが船田はんが中学生の時に食べてはったお弁当ですわ。しみじみ旨い弁当ですな。まずいと思うひともあるんですやろけど」

流が苦笑いした。

「……」

船田は開きかけた口をまた閉じた。

「まだお腹にゆとりはありまっか？」

半分ほど残った弁当箱を横目に流が訊いた。

「え、ええ。少しぐらいなら。まだ何か？」

船田は怪訝《けげん》そうな顔つきを流に向けた。

「実はもうひとつ弁当を用意しとるんです」

「もうひとつ？　おなじ弁当をですか？」

「ご迷惑と違《ちご》うたら食べてみてください」

流が目くばせすると、こいしが緑色のバンダナに包まれた弁当箱を持ってきた。

「こっちも食べてみてください」

「分かりました」

船田が弁当箱を差し替えると、流とこいしは厨房に戻った。

さっきの弁当とおなじく、固い結び目にてこずりながら、やっとの思いでふたを取ると、牡蠣フライ弁当が現れた。

五つの牡蠣フライは、さっきよりやや大きめで、赤いウィンナーが皮目に切れ目が入ったソーセージに代わり、玉子焼きはオムレツになっている。おかずとご飯の比率もいくらか変わっているような気がする。

似たような弁当が二種類。何のためにふたつ用意したのかが分からない。

箸で取った牡蠣フライをまじまじと見てみても、大差なさそうだが、とりあえず口に入れてみる。

もちろん牡蠣には個体差があるから、まったくおなじとは言いきれないが、おなじ手順で作られたものだろう。ゆっくりと味わってみたが、コロモもソースもおなじ、と思ったが、よく味わってみると少し味わいが異なる。

ふたつ目を食べる。やっぱりおなじだったか。いや、少し違う。どこがどう違うのか、説明はできそうにないが、違う牡蠣フライだ。

プロの料理人ならその違いを分析できなければ、と思いながらできずにいる。なんとももどかしい。

船田はふたつの弁当から残った牡蠣フライをひとつずつ取りだし、ふたの上に並べた。

つぶさに見比べてみる。

大きさこそ異なるものの、見た目にはふたつともおなじ類の牡蠣フライだ。

目を閉じて、じっくりとその味を比べてみるが、おなじ味のようにも感じる。

気のせいだったのか。

船田は何度も首をかしげた。

「やっぱりまずいて思うてはりますか？」

厨房から出てきたこいしが訊いた。

「分からなくなりました」

船田がため息をついて、薄笑いを浮かべた。

「うちはおいしい思いましたけど」

こいしはタブレットを胸に抱いている。

「揚げ立てを試食されたんでしょ？」

「いいえ。お出ししたとき、冷めたものを同時にいただきました」

「この冷めて湿った牡蠣フライがおいしいと？」

「せやかておお弁当なんやさかい、冷めて湿っぽうなって当たり前ですやん。揚げ立てと比べるのがおかしいいんと違います？」

「そりゃそうだけど」

船田は不服そうに口をとがらせてから続ける。

「なんで弁当がふたつなんです？　違うような気もするし、おんなじようにも思えるし」

「さすが料理人さんや。ふたつの違いに気付かはったんですね」

「ええ、まぁ、気付いたっていうか、なんとなく、ではありますが」

ばつが悪そうに、船田はあいまいな受け答えをした。

「試したみたいなことして、すんませんでした。けど、どうしてもふたつとも食べて欲しかったんです。尾幌行って昭一さんのお母さんから、牡蠣フライのお弁当を作ってはったときの話を聞いて感動しました。母親てすごいんやなぁて」

こいしが目を輝かせた。

「お父さんじゃなくて、あなたが捜しに行ってくださったんですか。その、母がすごいという話、ぜひ聞かせてください」

船田が腰を浮かせてこいしに席を奨めた。

「ほな失礼して座らせてもらいます」

タブレットをテーブルに置いて、こいしは船田と向かい合って座った。

「向こうは寒かったでしょう」

「外は寒かったけど、おうちのなかは暖かかったです。暑いぐらいで」

こいしは実家の写真を画面に映しだして、タブレットを船田に向けた。

「北海道の家はたいていそうなんですよ。ちっとも変わってないな」

「温度もやけど、お母さんも温かいひとで、昭一さんに頼まれて牡蠣フライを捜しに来たて言うたら、大歓迎してくれはりました。ほんまはまずいて言うてはったんやて思うと、胸がキリキリ痛みました」

「申しわけなかったです」

船田は形だけの詫《わ》びを入れた。

「話じょうずな方なんで、ついつい長居してしもて、お弁当作りだけやのうて、いろんな話をお母さんから聞かせてもらいました」

「看護師もやめちゃったので、ヒマだったんでしょう。余計なことを訊かれませんでしたか」

船田が鼻で笑った。

「昭一さんの自慢話をたっぷり聞かせてもらいました。いずれは世界一の料理人になるて言うてはりましたよ」

「むかしから身びいきの強いひとでした」

「高校のときは短距離ランナーやったんですてね。道大会で優勝しはったとか」

「そんなことまで言ってたんですか」

船田がはにかんだ。

「お弁当の牡蠣フライに思い出があるて、昭一さんが言うてはるとお母さんに言うたら、どっちの牡蠣フライやろ？　て訊かはったんです。二種類あるて昭一さんから聞いてへんかったんで、口ごもってたら、二種類の牡蠣フライ弁当を作ってみせてくれはったんです」

ふたつ並んだ弁当の写真を、こいしがタブレットに映しだした。

「そこなんですよね。母は意識して二種類の牡蠣フライ弁当を作っていたなんて、まったく予想外でした。て言うか、ふたつの違いがはっきりとは分からないんです。違うような気もするし、おんなじような気もする。素人料理だからバラつきがあって当たり前なんだけれど」

　船田は顎を撫でながら、首をかしげた。

「そこはプロの料理人さんでも分からへんのですね」

　こいしがいたずらっぽく笑った。

「プロやさかい分からへんのかもしれんなぁ」

　厨房から出てきて、流が言葉をはさんだ。

「どういう意味なんです？」

　船田が眉をひそめた。

「プロの料理人っちゅうのは、これがベストやて決めつけてしまいますやろ。ベストな食材をベストな調理法で作ることを目指しますわなぁ。ところが家庭料理はそうやない。それを食べる家族のことを思うて作るもんです」

「それはそうでしょうけど……」

　船田は続く言葉を呑《の》みこんだ。

「回りくどいこと言うてんと、種明かししますわね。最初にお出ししたんは、中学生の昭一さんのために作ってはったお弁当で、あとから出したんは高校生の昭一さんに作ってはったもん。ちょっとやけど内容が違うんです」

「そう言えば……。いや、そんな細かな気遣いを素人がするわけがない」

昭一はふたつの弁当箱を見比べている。

「尾幌て厚岸町なんですね。牡蠣の名産地ですやん。病院の患者さんに厚岸の牡蠣漁師さんがやはって、そのひとから牡蠣を分けてもろうてはったそうです。その牡蠣を丁寧に洗うて、塩コショウして、溶き卵をくぐらせて、パン粉を付けて揚げる。ここまではふつうです」

こいしが船田の目を見た。

「ですね。ぼくはバッター液を使いますけど」

「プロはたいていそうですな。一長一短ありまっけど」

流が合いの手を入れた。

「基本はどっちの牡蠣フライも一緒みたいです。けど、中学のときと高校のときでは、ちょっとずつ変えてはりました。高校生のときのは、付け合わせもちょっとずつおとな向けに近づけて、牡蠣フライもコショウを使うて、スパイシーにしてはります。陸上部で活躍するアスリートやさかい塩も濃いめにして、カロリーも多めに仕上げてはったそうです。たいして変わらへんやろと思うてたんですけど、実際に食べ比べてみたら、やっぱり違いました。高校のときのほうが、食べ応えがあるんです。て言うても、違うて聞いてへんかったら気付かへんかったと思いますけど。それぐらい微妙な違いなんでしょうね」

　こいしが弁当に視線を向けた。

「そうだったんですか。まったく気づかなかった」

　目を細めて船田も弁当箱を見つめた。

「我が子を思えばこそ、っちゅうやつです。そこまで細こう気を配って作った弁当やけど、母親はそれをいちいち口にすることもない。言葉を変えたら、無償の愛ということになりますやろか。どんなスターシェフでも、おふくろの味には敵《かな》わんのですわ」

「おっしゃるとおりです。それをまずいだなんて」

　天井を仰ぐ船田の目尻から涙が流れ出た。

「お弁当はかならず完食されてたて聞きました。そのときはおいしいて思うてはったんと違います？」

　こいしが言葉をはさんだ。

「そうかもしれませんね」

船田が目をしばたたいた。

「母親にとって子どもの弁当を作るのは、何よりもだいじな仕事っちゅうか、自分の責務やと思うとるんですな。こいしが子どものころも掬子が毎日作っとりました。こいしの高校生活最後の弁当を作った朝、掬子はさめざめと泣いとりましたわ。責任を果たしてホッとした気持ちと、もう作ることはない、っちゅう寂しさの涙やったんでしょうな。親が子どもに作る弁当っちゅうのは、格別の意味があるんですわ」

「残さず食べてよかった……」

流の言葉を聞いて、船田は小さく嗚咽《おえつ》をもらした。

「無理のう残さんと食うたら、それは旨かった、っちゅうことになるんや思いますな」

「お弁当もですが、夜も朝も母の作った料理を残した記憶がありません」

船田は唇をかたく結んだ。

「舌や胃袋は正直なもんです。ここはときどき嘘《うそ》をつきよりますけどな」

流が人差し指で頭をつつきながら笑った。

「おいしい思い出やて言うて、本で牡蠣フライのお弁当を紹介したげてください。お母さんが書いてくれはったレシピをわたしときます」

こいしがファイルケースをテーブルに置いた。

「分かりました」

船田がそれを手に取って撫でた。

「お時間取りましたな。牡蠣フライ捜しは無事に終わった思いまっさかい、次は物件探しに行ってください」

「物件探しはまた日を改めて。今日はこのまま帰ります」

船田が立ちあがった。

「競争が激しいさかい、ええ物件は早いもん勝ちと違いますのん？」

こいしが訊いた。

「移転の話は白紙に戻します。料理というものを根本から見つめなおさないと。どうもぼくは勘違いしていたようです」

「牡蠣フライに教わらはったことをだいじにしなはれ」

「ありがとうございます。前回の食事代と併せて探偵料をお支払いします。おいくらになります？」

船田が財布を取りだした。

「金額は特に決めてません。お気持ちに見合うた分だけ、こちらの口座に振り込んでください」

こいしがメモ用紙をわたした。

「承知しました。浜松に戻ったらすぐに」

船田はメモ用紙を折りたたんで財布にしまった。

「お気を付けて」

こいしが食堂の引き戸を開けた。

「船田はんは覚えてはらへんやろけど、浜松のお店をオープンしはってすぐ、茜に奨められて行ったとき、ええ店やなぁと思うたんでっせ」

「そうでしたか。どこかでお見掛けしたような気がしていたんですが、大変失礼しました」

コートを手にして船田が腰を折った。

「オープンしたてでワンオペでやってはったさかい、余裕がなかったんですやろ。けどわしは覚えてましたで。ハムカツを頼んだら、薄いハムか分厚いハムかどっちがええか？　コロモは粗い生パン粉か、細かいパン粉かて訊いてくれはったことを。隣の客がオムライスを頼んだら、ふわとろ巻きか、かっちり薄焼き卵を巻いたクラシックスタイルか、て訊いてあげてはりましたなぁ。小さいお子さんにカツサンドをひと口の大きさに切ったげてはって、ポタージュを少し冷ましてから出してあげてはったことも印象に残ってます。若いのによう気遣いのできるシェフやて、すぐ茜に感想を送ったもんです」

流が遠い目をした。

「恐れ入ります」

深く頭を下げた船田は、しばらくそのままの姿勢を続けた。

「お弁当の牡蠣フライを作り分けてはったお母さんのDNAを、ちゃんと引き継いではったんですね」

こいしが言葉を掛けた。

「一番だいじにしないといけないことを、すっかり忘れてしまっていました」

顔を上げた船田の頬をひと筋の涙が伝った。

「料理屋っちゅうのは料理人の腕を競う場やない。ましてや食材や腕前をひけらかす場でもない。お客さんの好みや体調に合わせるのがほんまの姿と違いますか。茜も案じとりましたで」

「いつのころからか、おまかせコースだけにして、昼も夜も一斉スタートにしたのは、ベストな料理をベストな状態で提供したいと思ったからですが、間違ってましたね」

「間違いやとは言うてまへん。それを好む客もおるんでっさかい、そういう店があってもええと思います。けど、それはもうふつうの食事やない。今風に言うたらエンターテインメントっちゅうやつです。料理屋っちゅうより、料理人が主役を演じる劇場ですがな」

「肝に銘じます」

船田が深くうなずいた。

「えらそうなこと言うてすんまへんな。わしも自戒を込めて言うてるんでっせ」

流が肩をたたくと、船田は敷居をまたいで食堂を出た。

「たまには北海道へ帰って、お母さんに顔見せたげてください。寂しがってはりましたえ」

こいしが送りに出た。

「はい」

船田は短い言葉で応えた。

「初心忘れるべからず、ですな」

流が船田に笑顔を向けた。

「タクシー呼ばんでもええんですか?」

こいしが訊いた。

「こいつをゴロゴロ引っ張りながら、適当なところでタクシーを拾いますよ。バスも通ってるみたいだし」

船田は御薗橋通の左右を見まわした。

「京都のお店も見てみたかった気もしますな」

「それはもうないと思います。浜松に腰を据えて一からやり直します」

「落ち着かはったところを見はかろうて、こいしと一緒に伺いますわ」

「お待ちしてます」

「愉しみにしてます」

こいしが船田に笑みを向けた。

「ほんとうにお世話になりました」

深々と頭を下げた船田は、キャリーバッグを転がしながら、東へ向かって歩きだした。

「ご安全に」

流がその背中に声を掛けた。

「そうか。そういうことか」

立ちどまって船田が声をあげた。

「どうかしはりました？」

こいしが心配そうに訊いた。

「この前いただいたとんかつ。薄い切身だったのは、ハムカツのことを覚えてられたからなんですね。鴨川さんが薄いほうをリクエストされて、ぼくもそのほうが好きだと言ったことを」

振り向いて船田がそう言うと、流は笑顔でこっくりとうなずいた。

「ようやく腑《ふ》に落ちました。気付かずに失礼しました」

一礼して、船田は御薗橋に向かった。

「一件落着やな。おつかれさん」

流はこいしの肩をポンと叩いて、店に戻った。

「お父ちゃんの薄いとんかつ食べたなったわ」

店に戻ったこいしは引き戸を閉めた。

「最近流行りの分厚いとんかつは、なんやエラそうにしとるさかい苦手や。銘柄豚をレアで揚げたとんかつが人気みたいやが、ちっともとんかつらしいない。身は薄ぅてコロモが厚いのがほんまのとんかつや。なぁ掬子」

流が仏壇の前に座った。

「お母ちゃんはビフカツのほうが好きやったな」

こいしはろうそくの火を線香に移した。

「ビフカツは掬子のほうがじょうずやった。パン粉も二種類使うて、揚げ油はサラダオイルにラードを足しとった。旨かったなぁ」

流が掬子の写真を見上げた。

「お母ちゃんのビフカツ、もういっぺん食べたい」

かたく目を閉じて、こいしが手を合わせた。

第六話　ヒレの網焼き

1

名神高速道路を京都東インターから出て、ハンドルを握る野河杏子《のがわきょうこ》は、左折のサインを出してコンビニの駐車場に車を停《と》めた。

ナビの目的地を上賀茂御薗橋に設定してから、車を降りた杏子はコンビニに入り、ミネラルウォーターだけを買った。特に喉が渇いているわけではないが、駐車場に車

を停めるだけで、何も買わずに立ち去るのは気が引けたからだ。

大津から京都へは、月に何度も通っているが、大学病院へ直行して、用向きが済んだらとんぼ返りすることがほとんどだ。ナビの目的地はずっと大学病院に設定しっ放しになっていることに気付いてよかった。

ペットボトルに口を付けた杏子は、キャップを固く締めてボトルホルダーに置いた。エアコンのスイッチを切り、窓を少し開けた杏子は、シートベルトを締めて車を発進させた。

そよ吹く風が、秋の訪れを知らせてくれる。

ルームミラーが目に入ると、風でそよぐ髪の白さが目立つ。この前染めたのはいつだったか。杏子は美容室の予約を取りそびれてしまったことを悔いた。

京都を代表するメインストリートでもあり、かつては東海道の道筋でもあったせいか、三条通《さんじょうどおり》はいつも混み合っている。特に山科界隈《やましなかいわい》は通過するのにかなりの時間を要する。

はっきりと時間を約束したわけではないが、かならず昼までには着くと言った手前、正午までにはたどり着きたい。ナビの予想到着時刻には十一時二十分と出ているが、渋滞でも起これば危ういものだ。

ひと山越えて蹴上《けあげ》を過ぎ、疏水《そすい》に沿って西へ向かうところまではおなじだが、東大路通《ひがしおおじどおり》を北上せず、川端通《かわばたどおり》に出たら右折するのがいつもとの違いだ。

川端通から加茂街道へと進み、北山大橋まで来るとひと安心。十一時十分には目指す『鴨川食堂』へたどり着けそうだ。

半年ほど前だったか、いつものように美容院に置いてあった料理雑誌〈料理春秋〉を読んでいて、端っこに出ていた一行広告を見て、これだと思った。

――食捜します　鴨川探偵事務所――とだけしか書いてなかったので、すぐに編集部に問い合わせると詳細を教えてくれた。

一年近く悩んでいたが、これで踏ん切りをつけられる。そう思ったものの、まだ心は揺れ動いている。

ナビの指示どおり、御薗橋を右手に見て信号を左折。すぐ右折のサインを出し、右手の駐車場に車を入れる。ここまではスムーズに事が運んだ。しかし本番はここからだ。

ペットボトルの水を飲んで渇いた喉を癒した杏子は、シートベルトをはずして車を降りた。

駐車場のすぐ隣が『鴨川食堂』。ここが探偵事務所の窓口となっているとのことだった。

探偵事務所と関わりがあるようには見えない、素っ気ない食堂はまだ開店前だからか、客の姿は見当たらない。看板もなければ暖簾《のれん》も掛かっていないので、ほんとうにここが目指す食堂なのかと不安になってくる。

アルミの引き戸に手を掛けると、鍵は掛かっていないようだ。おそるおそる杏子は引き戸を横に開けた。

「こんにちは。こちらは『鴨川食堂』でしょうか？」

しんと静かな食堂に杏子の声が響く。

「はい。そうですけど」

若い女性の声だけが返ってきた。

「お昼までに伺うと言っていた野河ですが」

杏子は食堂の敷居をまたいだ。

「ようこそ、おこしやす」

白いシャツにブラックジーンズ、黒いソムリエエプロンを着けた女性が出てきた。

「なんとか間に合いました」

「『鴨川食堂』の主人をしてます鴨川こいしです。野河さんは車でお越しになるて言うてはりましたよね。駐車場は分かりました？」

　こいしが通りに目を遣《や》った。

「はい。お隣の駐車場に入れさせていただきました」

「お父ちゃん呼びますね」

　こいしがスマートフォンを耳に当てると、杏子は頭を下げた。

「よろしくお願いします」

　食堂のなかを見まわしたが、メニューらしきものは見当たらない。どうやって注文するのだろうか。と言うよりも営業しているのかすら分からない。

「すぐ来ますし、お掛けになってお待ちください」

　こいしがパイプ椅子を奨《すす》めた。

「ありがとうございます」

　紺色のワンピースを着た杏子は、裾を整えて浅く腰かけた。

　美容院に行くたび必ず手に取る〈料理春秋〉だが、一行広告に目が留まったのは初めてだった。バックナンバーを見てみると、ずっとおなじ場所に掲載されていた。広告などというものは、興味がなければ目に入ってこないのだと実感した。

　買って読むわけではないが、長年愛読している〈料理春秋〉だから、そこに掲載され続けている広告を信用してやってきたのだが、素っ気ない食堂の空気は、不安をかきたてこそすれ、期待を持たせるようなものではない。

「お待たせしましたな。探偵をしとります鴨川流です」

茶色い作務衣《さむえ》におなじ色の和帽子をかぶった流が食堂に入ってきた。

「野河杏子です。どうぞよろしくお願いします」

立ちあがって杏子が腰を折った。

「ようこそ」

和帽子を取って流が一礼した。

「こちらは食堂ですよね。そんなふうに見えないのですが」

食堂のなかを見まわして杏子が訊《き》いた。

「勝手気ままにやらせてもろてる店でっさかい、食堂には見えまへんやろけど、時分どきになったら、ぼちぼちとお客さんが見えるんでっせ」

「いい匂いがしてますね」

杏子が厨房《ちゅうぼう》に目を向けた。

「ちょっと早おすけど事務所のほうに行きまひょか。お昼も用意しとりますので」

「ありがとうございます。おいしいものをいただけると聞いて、お腹《なか》を空《す》かせてまいりました」

「ほな、どうぞごゆっくり」

　こいしに促されて、杏子は席を立った。

　食堂を出た流は駐車場へ向かい、杏子はそのあとを追った。

「お車で行くんですか？」

「いや、駐車場を抜けた奥に事務所がありますねん」

　流が奥の古民家を指さした。

「あのお家が事務所ですか。ずいぶんと古風な建物ですね」

　立ちどまって杏子が奥を覗《のぞ》きこんだ。

「古い町家ですねん」

　流が歩きだすと、トラ猫が杏子の足元に駆けよってきた。

「かわいい猫ちゃんだこと」

　屈《かが》みこんで杏子が目を細めた。

「ひるね、お客さんの靴を汚したらあかんぞ」

　流が振り向いた。

「ひるねちゃんって言うんですか。大丈夫よ、上等の靴じゃないから」

杏子が喉を撫でると、ひるねがひと声鳴いた。

「寝てばっかりおるさかい、ひるねっちゅう名前を付けたんでっけど、腹が空いたときだけこないして甘えに来ますねん」

「うちも以前は猫を飼ってたんですけど、マンションに越してからは飼えないので」

「たしか大津にお住まいでしたな。琵琶湖《びわこ》が見えたりするんでっか？」

流が枝折戸《しおりど》を開けて敷石を伝って歩いていく。

「ええ。夫が琵琶湖の見えるところに住みたいと言ったもので。見晴らしだけはいいんですよ」

「よろしいな。京都のひとは琵琶湖を海代わりに思うてまっさかい、琵琶湖を眺められる家には憧れますわ。どうぞお入りください」

流が玄関戸を横に引いた。

「失礼します。わたしなんかはこういう京都の町家に憧れますわ」

杏子が敷居をまたいだ。

「お互いに隣の芝生が青ぅ見えますんやろな」

流が板間に上がりこむと、杏子がそれに続いた。

「どうぞお掛けください。暑いことおへんか」

流がリモコンを手にした。

「ちょうどいいです。お庭から風も入って来ますし、エアコンは要りません」

「また暑なったら言うてくださいや。杏子はんは苦手な食いもんとかアレルギーはおへんか？」

「甲殻類の生はダメなんですけど、それ以外でしたらなんでもおいしくいただきます」

「承知しました。ほんまやったらお酒をお出しするんでっけど、車でお越しになってるんでしたな」

「はい。残念ですが」

「お酒抜きやと、あんまり時間掛けんほうがええやろさかい、お弁当に仕立てとります。それでよろしいかいな」

「ありがとうございます」

「すぐにお茶を淹《い》れまっさかい、ちょっと待っとぉくれやっしゃ」

「恐縮です」

杏子は白いハンドバッグを床に置いた。

こういうのを京町家と言うのだろうか。杏子は部屋のなかを見まわして、庭に視線を向けた。

数年前まで住んでいた近江八幡《おうみはちまん》の家はこんなふうだった。昭和初期に建てられたという貸家には広い庭が付いていて、花を育てたり家庭菜園を作ったり、犬も猫も飼っていた。

杏子はその暮らしを気に入っていたのだが、夫の隆一《りゅういち》は琵琶湖を眺められる家に住みたいと言って、退職金をつぎ込んで浜大津の高層マンションを買った。

隆一が一番愉《たの》しみにしていたのは夏の花火大会で、コロナ禍で中止になっていたのが、ようやく今年は開催され、友人や知人をたくさん招いてご満悦だった。

たしかに間近で上がる花火は迫力満点で、その華やかさというか、精緻な美しさは何ものにも代えがたいと思ったが、それもただ一夜限りのことである。毎日手入れを欠かさない庭木の変化に比べるまでもない。

適度に手が入っている庭を眺めながら、杏子は羨む気持ちを抑えることができずにいる。

「夏も終わりましたけど、まだまだ秋にはほど遠いこの時季は、食いもんもちょうど端境期《はざかいき》でしてな。これっちゅうもんもおへんけど、あれこれと松花堂ふうに盛ってみました」

流が四角い黒漆の弁当箱をテーブルに置いた。

「ありがとうございます」

小さく頭を下げて、杏子は居住まいをただした。

「簡単に説明させてもらいます。左上は冷菜、ヅケマグロのわさび和《あ》え、鱧《はも》皮とゴーヤの酢のもん、サツマイモの柚子煮《ゆずに》、鴨《かも》ロースの南蛮漬けです。右上は温菜、小柱と車海老《くるまえび》のかき揚げ、マナガツオの西京《さいきょう》焼き、小鉢に入っとるのは牛タンの辛煮です。右下はバラちらし、錦糸玉子、煮穴子に干瓢《かんぴょう》、小海老、鱧やらいろいろ入ってます。左下は物相《もっそう》ご飯。上に載っとるのは、ちりめん山椒《ざんしょう》、柴《しば》漬《づ》け、鰻《うなぎ》のしぐれ煮、壬生菜《みぶな》の漬もんです。吸いもんはあとで持ってきます。お茶は土瓶ごと置いときまっさかい」

はずした蓋を手に、説明を終えた流が台所に戻っていくと、杏子はあらためて松花堂弁当のなかを見まわした。

四年間にわたる大学生活を京都で暮らした杏子は、少しは京都のことを知っているつもりだが、奥深いところについては無知と言ってもいい。親から潤沢に仕送りも受け、けっして貧乏学生ではなかったが、それでも大学生が入れる店は限られている。料亭や割烹《かっぽう》などはほとんど縁がなかったし、花街に至っては、ほんの入口を覗き見た程度だ。

当時付き合っていたジローに連れられ、イタリアンやフレンチなど、名の知れたレストランへは足を運べたが、それらは食で言えば京都の本流ではなかったのだろう。大衆食堂に付随する探偵事務所で挨拶代わりに出される食事をして、これほどのレベルなのだから、和食を知らずして京都の食など語れるわけがないのだ。

まだ温かいうちに食べたほうがいいだろう右上から箸を付けた。

マナガツオの西京焼きは、いかにも京都らしい一品だ。ほどよく甘みが効いた味噌が身の中心にまで染み込んでいて、ほっこりとおいしい。柴漬けの載った物相ご飯と一緒に食べる。おなじ関西でも杏子が生まれ育った姫路《ひめじ》とは食文化が異なることを思い知らされる。

刻んだ小柱と車海老をかき揚げにした天ぷらには、甘辛いタレが掛かっていて、ご飯を誘う味付けだ。ちりめん山椒が載ったご飯に載せて食べる。

車で来てしまったことを深く後悔した。合いの手にお酒をはさめば、どれほど愉しめただろう。いっそ車を置いて帰ろうかと思ったが、帰りに寄らなければいけないところがあるのだ。たとえ一瞬と言えども気の迷いが生じたことを心のなかで詫《わ》びた。

染付の小鉢に入っている牛タンの煮物は、ピリリと山椒が効いて、これまた酒を呼ぶ味付けだ。心を鬼にしてご飯と合わせる。

弁当仕立てにしたわけが分かった。ご飯が一緒でなければきっと誘惑に負けて、酒を頼んでしまいそうだ。車を置いてタクシーで寄ればいい。そんな悪知恵もはたらくに違いない。

「お椀《わん》をお持ちしました。おぼろ豆腐の丸仕立てです。熱いうちに召しあがってください」

台所から出てきた流は、朱塗りの漆椀を弁当箱の横に置いた。

「ありがとうございます。いい香りですね」

蓋を取って杏子が湯気に顔を向けた。

「生姜《しょうが》を効かせてます。冬のもんやと思われがちでっけど、夏のすっぽんもええもんです」

盆を持って流が台所に戻っていった。

椀を持ってひと口すすった杏子はため息をついた。

すっぽんのスープはもちろんだが、おぼろ豆腐も負けてはいない。ほろほろとはかなく崩れる豆腐は、ちゃんと豆の味を舌に残していく。

得も言われぬ、というのはこういうときに使う言葉なのだろう。喉から胃袋へと滋味が染みわたっていく。

京都には長い歴史を持つすっぽんの専門店があり、一度だけだがジローがその店に連れていってくれた。京都のひとでも滅多に足を踏み入れない超高級店に、大学生のカップルが訪れたのだから、店のひとに好奇の目を向けられるのも当然のことだっただろう。

すっぽんを味わいながら、あの日の微妙な空気を思いだした。

右下のバラちらしに箸を付ける。

いくらか甘めの酢飯は京都ならではだろう。家庭のそれと比べるのも憚《はばか》られるが、母が作るちらし寿司《ずし》には穴子や鱧などは入っておらず、海のものと言えばちりめんじゃこと、海老のおぼろくらいだった。酢飯ももっとしょっぱかったように思う。

瀬戸内は穴子の産地だから、食べ慣れているのだが、京都で食べると穴子もひと味違うと感じてしまう。鱧もそうだ。産地である瀬戸内を差し置いて、今や鱧料理と言えば京都というのが定説になっている。

あのころから、ジローはそれを京都の魔法だと見抜いていた。京都で食べればなんでも格別おいしいと思ってしまう。食べるものだけではない。極論すればお寺だって神社だって、京都にあると特別ありがたい存在に見えてしまう。

何かと言えばそんなロジックを話して聞かせてくれるジローこそが、魔法使いなのではないかと、当時は思っていたのだけれど。

もう半世紀近くも前のことなのだから、とっくに忘れ去ってしまってもいいはずなのに、青春の思い出というものは、どうしてこんなに厄介なのだろう。

南蛮漬けというのは、アジやワカサギなどの魚を使うものだと思いこんでいたが、揚げた鴨を使うと不思議な味わいになる。

また酒を呼びそうなので、急いでご飯を口に入れた。

ヅケマグロはバラちらしに載せて食べてみた。やっぱりマグロは酢飯と一緒に食べたほうがおいしい。

サツマイモのレモン煮はよくあるが、柚子を使うと京都っぽい味になるのが不思議だ。これもまた京都の魔法なのだろう。

食通でもないのに、いっかどの感想を持てるのは、紛れもなく学生時代を京都で過ごしたおかげだ。

学生の分際だったのに、たった四年間の京都暮らしで、まがりなりにも京都の味を知ったのは、ジローと付き合っていたからである。

東京の松濤《しょうとう》にあるジローの実家を訪ねたときは、腰を抜かしそうになった。いわゆる高級住宅街のなかでも、抜きんでた豪邸だったのだ。きっと子どものころから贅沢《ぜいたく》三昧《ざんまい》してきたのだろうと思った。

ジローが大学生らしからぬ際立った存在だったのは、その育ちからきたものに違いない。

フランス映画を観《み》たあとは、河原町通のファッションビルで、ウィンドウショッピング。そのあとはおしゃれな店で夕食というのが、ジローとのデートのお決まりコースだった。

仲たがいしたわけではないが、結婚という二文字が浮かぶと、松濤のあの家を思いだし、泡のように消えていったのだった。

卒業後、滋賀県の製薬会社に就職し、そこで出会った隆一とあっさり結婚したのだから、人生というものは分からないものだ。

なぜジローと一緒にならなかったかと言えば、将来が見えなかったからだ。自分の身の丈に合わないのはたしかだったし、玉の輿《こし》に乗ることで、周囲の目が変わるのもいやだった。大学生のあいだはカップルとして認められても、結婚すればジローの付属物になってしまうのでは、という危惧を持ったのだ。

バラ色に包まれていた恋が冷め始めた切っ掛けはすっぽんだった。

大学生カップルなのに、一番奥の上等の部屋に案内され、丁重なもてなしを受けたのは、ジローの父が予約をしたからだった。店の主人とジローのやり取りからそれを知った瞬間、バラ色がにごりはじめた。

杏子は空になった漆椀をじっと見つめていた。

「お腹のほうは膨れましたかいな」

流が傍らに立っていることに気付かないほど、杏子は遠い日に思いを馳《は》せていた。

「充分です。とてもおいしくいただきました」

見れば弁当箱はきれいに空になっていた。

「よろしおした。落ち着かはったらお話を聞かせてもらいますわ。コーヒーでも淹れまひょか」

「ありがとうございます。目を覚まさないと」

杏子は赤みを帯びた頬を両手のひらで押さえた。

「濃いめに淹れますわ」

流が目くばせした。

おいしいものを食べて、暫《しば》し青春時代の甘い思い出に浸っていたが、現実と向き合わなければいけない。

杏子はワンピースの裾を整えて座りなおした。

庭に目を遣ると、植え込みのあいだをひるねが通り抜けていった。出ていったまま、戻ってこないのではないか。そう案じるのも、マンションに引っ越すまでは、見慣れた光景だ。

「酒は得意でっけど、コーヒーは苦手ですねん。下手なコーヒーでかんにんしとぉくれやっしゃ」

流がふたつのコーヒーカップを運んできて、テーブルに置いた。

「どうぞお掛けになってください」

杏子に促され、流は向かい合って腰かけた。

「失礼します。お手間でっけどこれに記入してもらえますかいな」

カップを手元に引き寄せて、流はバインダーを杏子に向けて差しだした。

「探偵依頼書ですか。承知しました」

杏子はすぐにペンを取った。

「書き辛《づら》いとこがあったら飛ばしてもろてもよろしいで」

流がコーヒーをすすった。

「なにも不都合なことはありませんから」

杏子はすらすらとペンを走らせ、書き終えたバインダーを戻した。

「野河杏子はん。お生まれは姫路でしたんやな。大学は京都でっか」

流がタブレットをコーヒーカップの横に置いた。

「ええ。高校まで姫路に居りましたが、京都の大学に入って、就職したのは東近江の製薬会社。それからはずっと滋賀県に居ります」

「ご主人の隆一はんは滋賀県のひとなんでっか？」

「生まれは和歌山ですが、大学は京都、就職したのはわたしとおなじ会社です」

「大学からご一緒やったんでっか？」

「いいえ、大学は別です。わたしは私立で、主人は国立。おなじときに大学生活を京都で送りながら、まったく出会うことはありませんでした」

「っちゅうことは、ご主人とは社内恋愛で結婚なさったんですな」

「恋愛と言えるかどうか、は分かりませんが」

杏子は苦笑いしながら、コーヒーをひと口飲んだ。

「お子さんは三人。みなさん独立してはって、別々に暮らしてはると。よろしいな」

「長男と長女、次女とそれぞれいい伴侶を得て、おかげさまですこやかに暮らしております。孫も五人になりましたので、お盆に集まったときは賑《にぎ》やか過ぎて少々疲れてしまいました」

　杏子が頬をゆるめた。

「嬉《うれ》しい悲鳴っちゅうやつですな」

「はい。そのときは疲れましたが、帰っていくと寂しくて」

「まだ孫はおらんので、うらやましい限りですわ。ところで本題に入りまっけど、杏子はんはどんな食を捜してはるんです？」

　流が作務衣のポケットから手帳を出した。

「ヒレの網焼きです」

　杏子が短く答えた。

「ヒレっちゅうことは、牛のヒレ肉のことですな。それを網焼きにしたもん。どっかの店のメニューでっか？」

「はい。京都のレストランで食べたものです」

「京都のどこです？」

「五十年近く前のことなので、お店の名前は忘れてしまったんですが、下鴨にあったと記憶しています」

「五十年ほど前ということは、大学に行ってはったころですやろか」

手帳を広げた流は短い鉛筆で書き記している。

「はい。当時付き合っていた男性が連れていってくれました」

「半世紀前に大学生がデートで牛のヒレ肉を食べるっちゅうのは、えらい贅沢な話ですな」

「そう思います。それも一回や二回じゃなく、しょっちゅうでしたので。ジローは常連客だったんです」

「お相手はジローさん、っちゅうですな。お金持ちのボンボンやったんや」

「そんなところです」

「そのお店はもうないんですやろな。あったら探偵に頼まいでもええんやさかい」

「いつ店を閉められたかは分かりませんが、結婚してしばらく経ったころに行ってみたら、影も形もありませんでした」

「そんなころから捜してはったんですか?」

流が見開いた目を杏子に向けた。

「え、ええ」

杏子が目をそらした。

「よっぽど思い出に残っとったんですな」

流が鋭い視線を向けたが、杏子は目を合わせようとしなかった。

「どんな網焼きでした？　覚えてはることを教えてください」

「味付けは和風でした。ヒレ肉がとてもやわらかくておいしかったのが記憶に残っていますが、それ以上くわしいことは……」

「そらまぁ、二十歳のころやし、ましてや半世紀も前のことでっさかい、記憶もあいまいですやろな」

「料理はともかく、お店の雰囲気は記憶に残っています。通りに面していて、大きな観葉植物と赤レンガの壁が目印で、格子の入ったガラスドアを開けると、調理場が目に入ってきて、それを囲むように半円形のカウンター席が設《しつら》えてあって、わたしたちはいつもその真ん中の席でした」

「今で言うオープンキッチン、おしゃれな店でしたんやな。場所は下鴨のどの辺でした？」

流がタブレットの地図アプリを開くと、杏子はバッグから眼鏡《めがね》を取りだした。

「これが賀茂川だから……現在地はここですね」

「そうです。下鴨はこっちのほうです」

流が画面をスワイプした。

「ここがわたしが通っていた女子大だから、この通りを南へ下っていって、疏水の北側、ここ、このあたりにあったような気がします……」

杏子が地図を指さした。

「北園町でっか。今でも京都で指折りの高級住宅街ですわ。南のほうに住んでましたさかい、この辺りとはとんと縁がなかったですな」

「そう言えば、以前は京都駅の近くで食堂をやってらしたとかお聞きしましたけど。こちらに移ってこられたのは最近ですか？」

「こっちに引っ越してきて、まだ一年とちょっとです。やっと地理が頭に入ってきたとこでっさかい、五十年ほど前に下鴨界隈がどんな感じやったかは、皆目見当もつきまへん」

地図に目を落としながら、流が頭をひねった。

「なくなってしまったお店の料理を捜すのはむずかしいでしょうね」

杏子が肩を落とした。

「それを捜しだすのがわしらの仕事でっさかい、あきらめんといとぉくれやす」

流はこぶしで胸をたたいた。

「よろしくお願いします」

腰を浮かせて杏子が頭を下げた。

「ひとつお訊きしてよろしいか？」

「なんでしょう」

杏子が流の目を見た。

「ずっと前から捜してはったて言うてはりましたけど、なんでこのヒレの網焼きを捜しつづけてはるんです？　差し支えなかったら教えてもらえますやろか」

「そうですよね。そこもちゃんとお話ししないといけませんよね」

「あかんことはないんでっけど、それもなんかのヒントになることがようあるもんで」

「分かりました。順を追ってお話しします」

杏子が居住まいをただすと、流は手帳のページを繰った。

ひとつ咳《せき》ばらいをし、コーヒーで喉を潤してから杏子が口を開いた。

「わたしが京都で暮らしていたのと、ちょうどおなじ時期に主人の隆一も京都で大学生活を送っていたことはお話ししましたが、主人は家庭教師のアルバイトをしていて、その生徒さんのお家がこのお店の近くだったそうなんです。主人の下宿先はおなじ左京区の吉田にあったので、自転車で通うときかならずあのお店の前を通っていたと聞いて驚きました」

「京都でも指折りの高級住宅街でっさかい、ええとこのお子さんの家庭教師してはったんですやろな」

流は手帳に鉛筆を走らせながら言葉をはさんだ。

「ええ。そのお子さんは老舗《しにせ》呉服店の八代目だったそうで、立派に跡を継いでらっしゃるとか。主人のほうは実家からの仕送りも乏しく、いくつものアルバイトで学資を稼ぐ苦学生だったようです。それであの店の前を通るたびに、肉が焼ける芳《こう》ばしい香りだけを吸い込んで、ガラス窓を透かして見えるカップル客を、うらやましく見ていたと聞かされました。それはわたしたちだったかもしれない、なんて言えるわけありませんよね。なので知らないふりをしたのですが、よほどあの店に憧れていたのか、行ってみようと言いだして、ふたりで訪ねたんです。もしもお店が開いていたらどうしようと、胸がどきどきしました。シェフとは顔馴染《かおなじ》みでしたから、きっと覚えておられるだろうし。でもお店がなくなっていたのでホッとしました。主人はとても悔しがっていましたけど」

「なるほど、捜してはるのはご主人のほうやったんですな」

「お店がなくなっていたので、あきらめてくれるのかと思ったら大違い。事あるごとに、あの店の肉を食べたかったたなぁと言い続けているんです」

「食いもんの引力っちゅうのはほんまに強いもんですな。ましてや、食いとうても食えなんださかい、ご主人はいつまでも引きずってはるんですやろ」

「あまりにもしつこいものだから、ひょっとしてわたしがジローと食べていたことを知っていて、嫉妬心から言ってるのかしらと思ったぐらいなんです」

「それやのに真剣に捜そうとしてはるのはなんでです？　なんぞわけでも？」

「実は主人は癌《がん》を患っていて、余命こそ宣告されていないものの、そう長くはないとかかりつけのお医者さまから聞かされて、あんなに熱望していたのだから、生きているあいだに願いを叶《かな》えてあげたいと思うようになりました」

「そうでしたか。なるほど、よう分かりました。まずはその店のことを調べてみんとあきまへんな。お店の名前とかは、覚えてはらへんのでしたな」

流は鉛筆を持つ手を止めた。

「あいにく……。なんとなくですが、カタカナの名前だったような。違ったかもしれません」

杏子は首を左右にかしげた。

「分かりました。なんとか捜してみますわ」

「どうぞよろしくお願いします」

杏子が立ちあがった。

「これからどっか行かはるんでっか？」

玄関に立って流が訊いた。

「ええ。主人がいる病院へ」

「大変ですなぁ。おだいじにしてあげてください」

「ありがとうございます」

敷居をまたいで、杏子が外に出た。

「それでお車やったんですな。お酒を飲んでもらえなんだんが心残りでっさかい、よかったら次は車なしでお越しください」

停めてあったプリウスの傍らに立った。

「そうできればいいのですが」

苦笑いを残して杏子が車に乗りこんだ。

「ご安全に」

流が御薗橋通を東に向かう車を見送ると、こいしが食堂から出てきた。

「もう済んだん？　えらい早かったんやね」

「酒を飲まはらなんださかいな」

「たしかに。お酒が入らへんかったら、食事の時間は短《みじこ》ぅなるもんな。で、何を捜してはるん？」

「ヒレの網焼きや」

「ヒレステーキていうこと？」

「網焼きっちゅうメニューやさかい、ステーキかどうかは分からんな」

「どっかのお店なんやね」

「むかし下鴨にあった店らしい」

「あった、ていうことは今はないんやね」

「今もあったら、わしらに捜してくれて頼まぁらへんやろ」

「そのお店の見当は付いてるん？」

「まったく。上《かみ》のほうはうといさかいな」

「刑事時代の経験が役に立つんと違う？　がんばって捜したげてや」

短い言葉でやり取りを続けたふたりは揃って食堂に戻った。

2

夏の名残りはほとんど消え去った。出町柳《でまちやなぎ》駅から地上に出た瞬間、杏子は季節が確実に変わったことを肌で感じ取った。

浜大津から電車を乗り継いできて、鴨川の流れを見下ろすと、また懐かしさがこみ上げてくる。

高野川《たかのがわ》と賀茂川の合流地点にある三角州は、大学時代に何度も訪れた。

女子大の同級生と弁当を広げたこともよくあったし、叡電《えいでん》に乗って鞍馬《くらま》へ行く前の作戦会議を開いたこともある。だが、なんといっても思い出の多くはジローとの時間だ。

下鴨にある女子大と、ジローが通っていた今出川通《いまでがわどおり》にある大学との、ちょうど中間にある出町柳は、何度も待ち合わせ場所になった。

雨が降っているときは駅の構内だったが、そうでなければ、たいてい三角州で待ち合わせた。せっかちだったジローはいつも先に来ていて、遠くからでもそのおしゃれな姿はすぐ目に入った。

あいまいな記憶だが、あの当時も4号系統だったと思う。出町柳から乗った市バスは、あの店の前を通って女子大まで行く。そこから北へ進むのだが、女子大から先はほとんど乗ったことがない。その先にあるのが、今目指している上賀茂御薗橋だったことは、当時まったく知らなかった。もしかすると当時は違うルートを走っていたのかもしれないが。

車ではなく電車とバスを選んだのは、酒を飲みたいがためではなく、あの店の前を通ってみたかったからなのだが、いずれにしても隆一には知られたくない話だ。

目指す『鴨川食堂』はバスを降りてすぐのところにあった。何度も乗っていたバスは、この近くを通っていたのだ。とは言ってもそのころにはこの食堂はなかったのだろうが。

「こんにちは。野河ですが」

人影のない食堂に杏子の声が響く。

「おこしやす。お待ちしてました」

白いシャツにブラックジーンズ、黒いソムリエエプロンという前回とおなじスタイルでこいしが出迎えてくれた。

「お電話ありがとうございました。無理かもしれないと思っていましたので、とてもうれしいです」

「こんなん言うたら失礼かもしれんけど、えらい可愛《かわい》いお洋服ですね」

こいしが杏子の立ち姿に目をとめた。

「年甲斐《としがい》もなくこんな格好で来てしまって。女子大時代を思いだしてつい……」

スカイブルーのパンツに、小花模様のピンクのブラウスを着た杏子は、ネイビーのカーディガンを羽織っている。

「すごくお似合いですよ。お世辞と違いますしね」

「ありがとうございます。今日は気分だけ女子大生です」

杏子がはにかんだ。

「捜してはったんと、ちょっと違うかもしれませんけど、お父ちゃんがなんとか見つけてきはったんで、食べてみてください」

こいしがパイプ椅子を奨めると、杏子は顔を引きしめて腰をおろした。

「ようこそ、おこしやす。これからヒレを焼きますんで、お酒なと飲んで待っとってください。今日は車と違いまっしゃろ？」

藍地《あいじ》の作務衣を着た流が厨房から出てきた。

「はい。浜大津から電車とバスを乗り継いでまいりました。途中で下鴨のお店があったと思う場所を通りましたが、面影すら残っていませんでした。さぞやご苦労をお掛けしただろうと思います」

「よろしおした。せっかくのヒレ肉でっさかい、お酒なしでは頼りない思います」

流が厨房に戻っていった。

「合うてたらええんですけどね。お飲みもんはどないしましょ？　ワインとか日本酒とか、ハイボールも合うかもしれません」

「じゃあ赤ワインをいただきます。あのお店でも生意気に飲んでましたので」

「承知しました。すぐにお持ちしますね」

こいしが厨房に入っていくと、食堂のなかにはがらんとした空気が漂いはじめた。

探偵事務所という名の古民家で前回食べた料理を思いだすと、殺風景な食堂とのギャップが際立つ。

厨房がなければ、こちらのほうがよほど事務所らしい佇《たたず》まいだ。なぜ逆にしなかったのだろうと疑問が湧く。

「お待たせしました。赤ワインをお持ちしました」

一升瓶を抱えてこいしが杏子の横に立った。

「え？　それって日本酒じゃないんですか？」

　杏子が目をしばたたいた。

「大阪で造ってる河内《かわち》ワインですねん。一升瓶やさかい気軽に飲めるけど、辛口でけっこうおいしいんですよ」

　こいしがラベルを見せた。

「なんだか飲みすぎてしまいそうですね」

　杏子が苦笑いすると、こいしは大ぶりのワイングラスに注《つ》いだ。

「うちも初めて飲んだんですけど、ついつい飲みすぎてしまいました。気どりのないとこが大阪らしいですやろ」

「ほんとにいい香りですね」

　杏子はグラスに鼻先を近づけた。

「ワインはお好きなんですか？」

「ワインだけじゃなくお酒ならなんでも好きですね。量はそんなに飲めないのですが、飲むと気持ちが軽くなって、いろんな心配事がすーっと陰に隠れていってくれるので」

「ほんまにそうですね。ボトルごと置いときますよって、好きなだけ飲んでください」

こいしが厨房に戻っていったあと、杏子は大きなワインボトルをぼんやりと眺めている。

結婚した当初、隆一は日本酒しか飲まなかったが、イタリアンにふたりで行ったとき、あまりに強く奨めたものだから、赤ワインを飲んで開眼したのか、それ以来隆一はワイン一辺倒になってしまった。なんでものめり込むタイプなのだ。

ジローから奨められて好きになったワインを、隆一に奨めているときのうしろめたさをふと思いだしてしまった。

京都の大学の薬学部を卒業し、製薬会社に就職してからは、新薬開発ひと筋に生きてきた。画期的な成果を残したわけではないが、それなりに認められ、主要な役割を与えられてきた人生に本人は満足しているようだ。

退職後は環境を変えて、新たな気持ちで余生を過ごしたいと、庭付きの一軒家から琵琶湖岸の高層マンションに引っ越した。

それだけでは飽き足らず、京都にも家を持ちたいと言ったときは驚いた。研究者だったころはまるでこだわらなかったファッションにも、強いこだわりを持ちはじめた。もしかすると若い彼女でもできたのでは、と思うほどの変貌ぶりだったが、病を得てしまった今では、また元に戻ってしまうしかなかったのだろう。

聡明《そうめい》なひとだから、残された人生がそう長くないことは理解しているに違いない。病室でよく語るのは、思い残したことで、そのうちのひとつがヒレの網焼きなのだ。

「そろそろ焼き上がるみたいですけど、ご飯とかパンはいいですか？」

「あのときはたしかパンと一緒に食べたように思うので、用意いただけるのでしたらパンをいただきます」

「分かりました。用意してますんで一緒にお持ちします」

こいしが厨房に戻っていく。

肉が焼ける芳ばしい香りが厨房から漂ってきた。

いよいよだ。いよいよあの料理と再会できるのだ。

杏子は胸の高鳴りを抑えることができず、ワイングラスを斜めにかたむけた。

「お待たせしましたな。たぶん、て言うたらなんでっけど、捜してはるヒレの網焼きは、こんなんやったと思います。どうぞゆっくり味おうてください」

流が白い洋皿を杏子の前に置いた。

「ありがとうございます」

杏子は俯瞰《ふかん》するように洋皿に覆いかぶさった。

「パンとお冷やも一緒に置いときます」

銀盆を小脇にはさんで、流はまた厨房に戻っていった。

白い丸皿には野菜と肉が盛られていて、肉はすでにカットされているので、ナイフやフォークではなく、箸袋に入った割箸が添えられている。

箸を割り、肉をひと切れつまんで口に運ぶ。

やわらかいがとろけるほどではない。和風の醬油《しょうゆ》味だが、ほとんどスパイスは効いていない。かすかにニンニクの香りがする。

今どきのステーキはたいてい、中心部がレア状態だが、これはほんのりとしたピンク色で中までしっかり火が通っている。

こんな味だったのか。懐かしいというより、むしろ新鮮な感じがする。

ソテーしてあるタマネギと一緒に食べると、なんだかすき焼きのような味になった。ほっこりする味わいは、ワインを飲むとさらにまろやかになる。そうだ、たしかにこんな味だった。

ふた切れ目はヒレ肉とは思えないほど噛《か》み応えがあった。と言ってもけっして固いわけではなく、嚙むことでよりいっそう深くなる味わいを愉しみたくなるのだ。

これが青春の味だなんていうと、きっと反感を買うだろう。ゆめゆめ隆一になど言えるわけがない。

夫婦のあいだに隠しごとがあってはいけないというが、隠しておいたほうがいいこと だってある。そう思うのは虫が良すぎるだろうか。

こうやって探偵まで頼って、願いを叶えるためにヒレの網焼きを捜しているなど、隆一は微塵《みじん》も思っていないはずだ。ならば知らん顔をして、自分だけ懐かしんでそれで終わりにしたとて、何も問題は起こらない。

そのほうが無難なような気もしている。

添えてあるパンはバターロールだ。触れてみるとほんのりあたたかい。三分の一ほどを手でちぎり、バターを塗って口に運ぶ。こんなパンにまで、あのころの思いを重ねてしまうことに、罪悪感を持つのは却《かえ》って隆一に悪いような気もする。

自分の気持ちに正直であるべきなのか、たとえ心の内だけとは言え、ひとの倫《みち》に沿うべきなのか。孫までいるこの歳《とし》になって迷うとは思ってもみなかった。

いつの間にか空になっていたワイングラスに、一升瓶から音を立てて赤ワインを注ぐ。

若いひとならともかく、この歳ではさまにならないこと甚だしいが、ためらうことがないのは、今日の服装のせいなのか。それとも思い出に心を弾ませているせいか。

いくらか大きめのヒレ肉を口に入れ、嚙み終えたらワインを喉に滑らせる。

グラッセした人参《にんじん》に目がとまった。これも当時とおなじなのだろうか。人参は苦手だと言ったジローの分も食べた記憶がよみがえる。

「どないです？　こんな料理でしたか？」

厨房から出てきた流が杏子に顔を向けた。

「ええ。これだったと思います。ワインやパンもこんなふうだったような気がします。どうやって見つけてこられたんです？」

杏子が箸を置いた。

「あとでお話しさせてもらいまっさかい、最後までゆっくり食べて飲んでください」

「はい。お話も愉しみにしております」

杏子はふたたび箸を取り、人参のグラッセを口に運んだ。

ちゃんと野菜も食べないと、と言うと、母親みたいなことを言わないで、とジローが笑った。半世紀も前のことなのに、なぜそんなこまかいことまで思いだすのだろう。

ワインに酔っているせいなのだろう。いや、ひょっとすると妄想かもしれない。そんな会話などなかったのに、思い出を勝手に作りだしているのかも。

それならそれでいい。心地いい時間なのだから。

一升瓶の中身が半分ほど減っているが、まさかそんなに飲んだわけはないだろう。

まっさらを開けたわけではないはずだ。そう思いながらもいくらか疑念は残る。足がふわふわしているのが飲みすぎた証拠だ。

ワインは封印し、残りの料理を食べ終えたところへ流が姿を現した。

「しっかり食べてくれはりましたな。嬉しおすわ」

「自分でも驚いています。何グラムぐらいあったんですか？」

杏子のろれつが少しばかりあやしい。

「どれぐらいやと思わはります？」

「百ぐらいですか？」

杏子が上目遣いになった。

「百八十ありましたんやで。パンもふたつとも食べはった。胃袋は女子大生のままですがな」

流が空になった皿に笑顔を向けた。

「はしたないことでおはずかしい」

杏子が両肩をせばめた。

「何をおっしゃいます。ええことですがな。人間食えんようになったら最後でっせ」

「それにしてもほどがあるでしょう。まさかこんなに食べるとは、自分でもあきれてます」

　杏子が苦笑いした。

「ヒレ肉にしては、しっかり嚙み応えがありましたやろ？」

「たしかに。固いとまでは思いませんでしたが」

「ただやわらかいだけやのうて、旨《うま》みが乗ったヒレ肉でっさかい、ようけ食えたんですやろな」

「もしかすると、肉そのものもあの店で出していたのとおなじですか？」

「まったくおんなじ、っちゅうわけやおへんけど、できるだけ近づけたつもりです」

「そのお話を詳しく聞かせてくださいますか」

　杏子は紙ナプキンで口のまわりを拭い、背筋を伸ばした。

「向かいに座らせてもろてよろしいかいな」

「どうぞどうぞ。なんでしたら飲みながらでも」

　杏子が一升瓶に手を添えた。

「ほな失礼して。最初からそのつもりでしたんや」

　流がワイングラスをテーブルに置いた。

「お注ぎします」

腰を浮かせた杏子は、両手で持った一升瓶をゆっくりかたむけた。

「まずはお店の話からはじめまひょか」

流はタブレットをテーブルに置き、ワインをひと口飲んだ。

「お願いします」

杏子はタブレットに目を向けた。

「北園町の辺りで聞き込みをしてみたんでっけど、五十年前から住んではる方になかなか行き当たらんとね、難航してましたんや。それで今度は近所やのうて、そのころ食べ歩いとったひとに訊いてみたんやが、記憶にないて言わはる。困り果ててたときに、ふと思いついたんが、当時のグルメ本ですわ。今みたいに店の情報が溢《あふ》れとるわけはないけど、食べ歩きの本の一冊や二冊、古本屋にあるんやないやろかと思うて、桝形《ますがた》商店街にある古書店で探してみたんですわ。そこで見つけたんがこの本です」

流が新書サイズの本をタブレットの横に置いた。

「〈京都味の地図〉。一九七〇年版ですか」

杏子は眼鏡を掛け、手に取って表紙を見る。

「奥付を見たら昭和四十四年の発行で二八〇円となってます。和洋中の飲食店が百軒ほど載ってますんやが、半分ほどは今はありまへん。そのうちの一軒がこの『ブラジル』です」

流は付箋を貼ったページを開いた。

「『ブラジル』。そう。思いだしました、そんな名前のお店でした」

杏子は音を立てて手を打った。

「モノクロでっけど、外観の写真も載ってます。これでっしゃろ」

「はい。間違いありません。レンガの壁、観葉植物、格子ガラスのドア。はっきり思いだしました」

眼鏡を取って、杏子は目を輝かせた。

「店のデータも載ってます。住所は左京区下鴨北園町十番地。地図も合うてます。ここにメニューの一部が出てます。ヒレ網焼き千円。若鶏唐揚げが三五〇円、ポーク網焼きが五〇〇円でっさかい、一番高いメニューですわ」

流が指で指し示した。

「ほんとうですね。当時の千円ってかなり高額ですよね」

「この本の定価が二八〇円て書いてまっさかい、およそ四倍ですわな。今やったらこのガイド本は千五百円ぐらいはしまっしゃろ。となると六千円ぐらいと違いますか」

「それを学生の分際で食べてたんですね」

杏子がため息をついた。

「金持ちのボンボンのジローはんやからできたことですやろな。ご主人の隆一はんが憧れてはったのも無理はありまへん」

流の言葉に杏子は無言でうなずいた。

「ここまでは分かったんでっけど、実際にどんな料理やったかまでは書いてありまへん。はて、どうしたもんやろ、と思うてこの本をなんべんも読みなおしてたら、執筆者の名前がここに書いてありましてな、伊上《いのうえ》はんという男性と、国府綾子《こくふあやこ》はんという女性。この国府はんという方はほかにも京都の本を何冊も書いてはる随筆家で、わしも著書を持ってますねん。もちろんとっくに亡くなってはりまっけど、国府はんが懇意にしてはった編集者とは、古ぅからの知り合いなんですわ。ダメ元で当たってみました。なんぞ資料でも残ってへんやろかと」

流がタブレットを操作し、ノートの写真を映しだした。

「なんだか推理ドラマのような展開ですね」

杏子はワイングラスをくるくると回しながら、タブレットを見ている。

「お父ちゃんはあきらめはらへんのです。かならず答えに行き着かはりますねん」

いつの間にかこいしが厨房から出てきていた。

「地道に積み重ねていったら、なんとか答えに行き着くもんなんですわ。これは国府はんが残さはった取材ノートです。いつかまとめて本にしようと思うてはったみたいで、知り合いの編集者に預けてそのままになってたらしいんですわ。このなかに『ブラジル』を取材したときのメモがあったんです。ここですわ」

流がタブレットの画面を指で指すと、杏子は眼鏡を掛けた。

「細かい字でたくさん書いてありますね」

「おそらく取材しながらメモを取ってはったんやろ、て言うてましたわ。若鶏の唐揚げの次、ここからがヒレの網焼きですわ」

「ここですね。――近江牛の経産牛を使用。一人前はおよそ百八十グラム。冷蔵庫から出して室温に戻し、塩コショウをしてグリラーで焼く。裏返すのは一度だけ。そのあいだにフライパンでタマネギを焼き、人参のグラッセと一緒に温めておいた皿に盛る。焼きあがったヒレ肉を切り分け、その上に載せる。フライパンに醬油、酒、みりんと秘密の調味料？　を入れて煮詰めたら、肉の上から掛ける――調理風景を見ながらメモを取られたのでしょうね」

読み終えて杏子が顔をあげた。

「そうやと思います。今やったら動画で撮って済ますんやろけど、むかしのライターはんは大変でしたやろな」

「今どきのライターさんらとは大違いや」

こいしが言葉をはさむと、杏子が微苦笑した。

「この食材を使って、書いてあるとおりに料理していただいたんですね」

「そういうことです。ただ、このグリラーっちゅうのが、どういう調理器具やったか断定できまへんので、ガス火で網焼きしました。当時使《つこ》うてはったんは、おそらく業務用の焼き器やと思うんでっけど、五十年前のもんと今のもんでは、そうとう違いまっさかいな。厳密に言うと醤油やみりんもメーカーによって味が違うし、ましてや秘密の調味料となるとお手上げですし。そこんとこは割り引いてもらわんなりまへん。杏子はんが半世紀も前にジローはんと食べてはったんとは別もんやと思うてもろたほうがええかもしれまへんが、今日お作りしたレシピをおわたししときまっさかい、ご主人に作ったげてください」

流がファイルケースを差しだした。

「ありがとうございます。これで充分です。主人も喜んでくれると思います」

それを受け取って杏子がおしいただいた。

「近江牛の本場にお住まいなんやさかい、お肉屋はんに頼んどいたら、経産牛のヒレは手に入ると思います。仕上げに掛ける合わせ調味料を作っときましたんで、これを使うたげてください」

ビニールの保存袋に入った小瓶を、流が杏子の前に置いた。

「何から何までお世話になって」

杏子が頭を下げた。

「網がなかったらフライパンでもよろしい。中火でじっくり焼いてください。そうそう、パンのほうはその当時からある下鴨のパン屋はんで買《こ》うたもんです。ショップカードをさっきのレシピと一緒に入れときましたんで、よかったらそこで買うてください」

「分かりました。これで完璧ですね。探偵料をお支払いしないと。この前のお食事と併せておいくらになりますか？」

「うちは金額は決めてしません。お気持ちに見合う分だけここに振り込んでください」

こいしがメモ用紙をわたすと、杏子はファイルケースにはさんだ。

「お世話になりました。これで主人も思い残すことがひとつなくなるでしょう」

杏子がゆっくりと立ちあがったが、その表情には薄雲が掛かっている。

「ひとの縁て不思議なもんですね。ご主人が人生の最後になって食べたいと思うてはるもんが、杏子さんの青春の思い出やったて」

「こいし、余計なこと言わんでええ」

険しい顔つきで流がこいしをたしなめた。

「いいんですよ。お嬢さんのおっしゃるとおりですから。ジローとの思い出を捨てきれずにいる自分に、ずっとうしろめたさを抱えてきましたし、これが罪滅ぼしになるとも思っていません」

杏子は床に目を落とした。

「ご主人に差しあげたいもんがあります。一週間ほど前の京都の新聞です。このコラムに書いたぁるのは、たぶんご主人のことやと思いますねん」

流が地元紙の夕刊を差しだした。

「主人のことが？」

杏子は受け取った新聞を手に、せわし気に眼鏡を掛けた。

「一面の下のコラム。執筆者は老舗呉服屋はんのご主人です」

流の言葉に杏子は半分に折った新聞を立ったまま読んだ。

「――今日わたしがあるのはすうどんのおかげである。と言ってもそれをわたしが食べたわけではない。食べたのは受験戦争の参謀を務めてくれた家庭教師のNさんだ。

当時大学生だったNさんは……——」

みるみる杏子の目から涙があふれ、嗚咽《おえつ》で言葉が途切れてしまった。

「偶然っちゅうのは恐ろしいもんですな。杏子はんから話を聞いてなんだら、ええ話やなぁ、ぐらいで終わっとったんでっけど。ご主人、立派なひとですがな」

「ありがとうございます。はじめて聞く話です。間違いなく主人のことだと思います」

杏子が何度もハンカチで目を押さえた。

「教えてもろてるあいだ、しょっちゅうお腹が鳴ってたんで、授業終わりに近所のうどん屋さんから出前を頼もうとしたら、メニュー表を見て、Nさんはいつも一番安いすうどんを選んではった。勉強だけやのうて贅沢を戒め、謙虚でいることの大切さを教わったて書いてはるけど、こういうことて一生忘れへんのですね」

こいしが言葉を足した。

「主人がそうしてひとさまに教えているあいだ、わたしは贅沢三昧を、それも自分の甲斐性ではないのにずっと続けていたんです。そして、あろうことか、生涯その思い出を忘れずにいる。なんておろかな人生なんでしょう。懺悔《ざんげ》の値打ちもない、ってこのことですね」

泣きはらした目を赤く染め、新聞を胸に抱いた杏子は唇を噛んだ。

「何を言うてはりますねん。ひとの倫にはずれることをしはったわけでもありまへんし、ずっと思い続けてはったわけでもない。胸の片隅に甘い思い出があるてなこと、誰にでもあることですがな。自分を責めはるような話やおへん。ご主人とふたりで長い人生を歩んできはって、三人のお子さんを育てあげて、五人のお孫さんに恵まれはった。誰にも恥じることない、誇らしい人生ですがな」

「ありがとうございます」

杏子は深く腰を折った。

「うちもそう思います。思い出は思い出として隅っこに仕舞うといて、長い時間を掛けて人生を歩んでいく。うちの理想です」

こいしが言葉をつないだ。

「自分を律しすぎんように、ご主人の残りの人生に寄り添うたげてください」

流の言葉に大きくうなずいて、杏子は敷居をまたいで食堂を出た。

「酔っぱらってしまって、ちゃんと家に帰れるかしらと心配してたんですけど、いっぺんに酔いがさめました」

「よろしおした。どうぞお気をつけて」

流が御薗橋通の西を覗きこんだ。

「このままお帰りになります？」

駆け寄ってきたひるねを抱き上げて、こいしが訊いた。

「はい。近所のお肉屋さんに寄って、お肉を頼んで準備に掛からないと」

「ここから37系統に乗らはったら四条京阪《しじょうけいはん》まで行きますし、それがええんと違います？」

こいしがバス停の時刻表を目で追った。

「便利な場所なんですね。落ち着いたら主人と一緒に伺おうと思います。そのときはよろしく」

杏子がふたりに笑みを向けた。

「お待ちしてます。ちょうど37番が来たみたいです」

バスが停まると、一礼して杏子が乗りこんだ。

「すうどんを用意しときますわ」

流が声を掛けるとすぐ、バスのドアが閉まった。

バスが東に向かって動きだすと、こいしはゆっくりと視線を右へと移し、御薗橋通の向かい側で目を留め、小さく声をあげた。

「あ！」

「どないした？」

流がこいしの視線をたどった。

「浩さん」

抱いていたひるねをこいしは足元におろした。

「ただいま」

バスから降り、大きなキャリーバッグの横で、ちょこんと頭を下げているのは福村浩だ。

「お帰り。やっぱり帰ってきたんかい」

通りを挟んで、流が大きな声をあげた。

「遅くなってすみませんでした」

浩が応えた。

「もう帰って来いひんのかと思うてた」

こいしが涙声をあげた。

「荷物置いてからお店に行きます」

キャリーバッグを引いて、浩が細道を南に向かった。

「長かったなぁ」

後姿を見送って、ふたりは食堂に戻った。

「やっとこれで食堂もふつうに開けられるな。こいしも安心したやろ」

流がホッとしたような顔つきを向けると、こいしは素知らぬ顔をした。

「お肉のええ匂いがまだ残ってるやん」

こいしが鼻を鳴らした。

「無理しよってからに。まぁ、ようけ近江牛買うたぁるさかい、今夜は浩さんも一緒に肉祭りやな」

鼻歌を流しながら流が仏壇の前に座った。

「ええなぁ。赤ワインの一升瓶ももう一本あるしな」

こいしはろうそくの火を移し、線香を立てた。

「今日も無事に一件落着したで。ありがたいこっちゃ」

流が掬子の写真を見上げた。

「お母ちゃん知ってた？　胸の片隅に甘い思い出があるてなこと、誰にでもあるんやて。当然お父ちゃんの胸にあるのは、お母ちゃんとの思い出やんな」

こいしが視線を向けると、流はあわてて咳ばらいした。

「あ、あたりまえやがな」

「まぁ、信じといたげよか。浩さんも今日は追及せんといたげよ」

こいしは掬子の写真に語りかけ、手を合わせてかたく目を閉じた。

《初出》
第一話　「スポンジケーキ」　「STORY BOX」2024年1月号
第二話　「雑煮」　「STORY BOX」2024年2月号
第三話　「蕎麦鍋」　書き下ろし
第四話　「ホットドッグ」　書き下ろし
第五話　「牡蠣フライ」　書き下ろし
第六話　「ヒレの網焼き」　書き下ろし

※本作品はフィクションであり、
登場する人物・団体・事件等はすべて架空のものです。

小学館文庫
好評既刊

海近旅館

柏井 壽

ISBN978-4-09-406812-2

亡き母の跡を継ぎ、東京での仕事を辞め静岡県伊東市にある「海近旅館」の女将となった海野美咲は、ため息ばかりついていた。美咲の旅館は〝部屋から海が見える〟ことだけが取り柄で、他のサービスは全ていまひとつ。お客の入りも悪く、ともに宿を切り盛りする父も兄も、全く頼りにならなかった。名女将だった母のおかげで経営が成り立っていたことを改めて思い知り、一人頭を抱える美咲。あるとき、不思議な二人組の男性客が泊まりに来る。さらに、その二人が「海近旅館」を買収するための下見に来ているのではないかと噂が広がり……。

小学館文庫
好評既刊

京都スタアホテル

柏井 壽

ISBN978-4-09-406855-9

創業・明治三十年。老舗ホテル「京都スタアホテル」の自慢は、フレンチから鮨まで、全部で十二もある多彩なレストランの数々。そんなホテルでレストランバーの支配人を務める北大路直哉は、頼れるチーフマネージャーの白川雪と、店を切り盛りする一流シェフや板前たちとともに、今宵も様々な迷いを抱えるお客様たちを出迎える——。仕事に暮らしと、すれ違う夫婦が割烹で頼んだ「和の牛カツレツ」。結婚披露宴前夜、二人で過ごす母と娘が亡き父に贈る思い出の「エビドリア」……おいしい「食」で、心が再び輝き出す。

―本書のプロフィール―

本書は、小学館文庫のためのオリジナル作品です。

小学館文庫

鴨川食堂《かもがわしょくどう》ごほうび

著者 柏井《かしわい》 壽《ひさし》

二〇二四年七月十日 初版第一刷発行

発行人 庄野 樹
発行所 株式会社 小学館
〒一〇一-八〇〇一
東京都千代田区一ツ橋二-三-一
電話 編集〇三-三二三〇-五二三七
販売〇三-五二八一-三五五五
印刷所-TOPPANクロレ株式会社

この文庫の詳しい内容はインターネットで24時間ご覧になれます。
小学館公式ホームページ https://www.shogakukan.co.jp

ISBN978-4-09-407368-3